분홍빛 들,
    그 아름다운 향기 나누며
늘 사랑, 기쁨, 희망이
충복 안에 빠놀개진 —
    With Love, 장병희

문학의 숲을 거닐다

장영희 문학 에세이

문학의

숲을
거닐다

샘터

"같이 놀래?"

미국 TV 토크쇼 중 가장 인기 있고 영향력 있다는 〈오프라 윈프리 쇼〉에서는 언젠가 집중적으로 마리아 슈라이버Maria Schreiber라는 아동문학가가 쓴 《티미는 왜 저래? What's Wrong with Timmy?》라는 책을 소개했다. 한 시간에 걸쳐 예화를 들어가며 윈프리가 소개한 이 책은 케이트라는 여덟 살짜리 소녀가 이웃에 새로 이사 온 소년이 혼자 공놀이를 하고 있는 것을 보고 "엄마, 쟤는 왜 저래?"라는 질문을 하는 데서 시작한다. 다운증후군으로 지적장애가 있는 티미가 공놀이를 하는 모습이나 부정확한 발음으로 천천히 말하는 품이 여느 아이와 달랐기 때문이다.

엄마는 케이트를 티미에게 데리고 가서 소개하고, 티미도 '너와 하나도 다를 게 없는 아이'라는 것을 가르친다. "네가 산수 문제를 풀 때 어려워하듯이 티미는 무엇인가 배우는 데 조금 더 시간이 걸릴 뿐이란다." 엄마의 말을 이해한 케이트는 티미와 인사를 나누고 함께 농구를 하며 놀자고 제안, 자연스럽게 다른 친구들도 가담해 모두 함께 어울리게 된다는 이야기이다.

사실 하나도 새롭거나 재미있을 것 없는 도덕적 이야기이지만, 영향력 있는 토크쇼에서 이 책을 다룬 것은 물론 교육적인 목적이다. 직접 출연한 작가 슈라이버는 아이들에게 '올바르게 생각하는 법', 즉 장애를 가진 친구도 공포나 놀림, 또는 동정의 대상이 아닌 자신들과 똑같은 인간임을 가르치기 위해 이 책을 썼다고 했다.

토크쇼 중에 윈프리는 톰 설리번이라는 시각장애인 사업가와의 인터뷰를 인용했다. 설리번은 절망과 자괴감에 빠졌던 자기의 인생을 바꾸어놓은 말은 단 세 단어였다고 했다. 어렸을 때 혼자 놀고 있는 그에게 옆집 아이가 "같이 놀래?Want to play?"라고 물었고, 그 말이야말로 자신도 다른 사람과 똑같은 인간임을 인정해 주고 살아갈 수 있는 용기를 주는 말이었다고 했다.

이에 슈라이버는 "같이 놀래?"는 자기가 쓴 모든 작품의 주제로 볼 수 있다고 답했다. 모든 아이들이 서로 '다름'을 극복하고 함께 하나가 되어 '같이 놀 수 있는' 세상을 만드는 것이 자신의 작품들의 궁극적인 목적이라는 것이었다.

그 프로그램을 보면서 나는 비단 슈라이버뿐만 아니라 어쩌면 동서고금을 통해 쓰인 모든 위대한 문학작품들의 기본적 주제는 '같이 놀래?'인지도 모른다는 생각이 들었다. 형형색색으로 다르게 생긴 수십억의 사람들이 서로 부대끼고 자리싸움하며 살아가는 이 세상에서 인간적 보편성을 찾아 어떻게 다른 사람을 이해하고 궁극적으로 화합하고 사랑하며 살아가는가를 가르치는 것이야말로 문학의 과업이기 때문이다.

문학은 작가가 자신의 개인적 체험, 또는 상상력을 통해 하나의 허구적 세계를 창조하고 그 안에서 일어날 법한 얘기를 창조해서 말한다. 그건 허무맹랑한 이야기일 수도 있고 현실에 얼마든지 있는 일일 수도 있다. 그것은 내 이야기가 아니고 분명 남의 이야기이다. 그럼에도 불구하고 신기하게도 문학작품 속에서 우리는 나 자신을 발견하게 된다. 작중 인물들을 통해서 내가 표출하지 못했던, 아니 내 안에 있는 것조차 까마득하게 몰랐던 욕망, 분노, 고뇌, 사랑을 맞닥뜨리게 된다. 등장인물이 아무리 괴팍하고 비현실적인 행동을 한다 해도 인간이기 때문에 불가피하게 갖는 약점, 페이소스, 슬픔과 좌절을 깨닫고 그를 이해하게 되는 것이다. 그러므로 문학은 우리가 인간이기 때문에 함께 공유하는 내적 세계에 눈뜨게 한다.

그래서 문학은 일종의 대리 경험이다. 시간적·공간적·상황적 한계 때문에 이 세상의 모든 경험을 다 하고 살 수 없는 우리에게 삶의 다양한 경험을 제공함으로써 시행착오 끝에 '어떻게 살아가는가', '나는 누구이며 어떤 목표를 갖고 이 세상을 살아가고 있는가'에 대해 새롭게 깨닫게 한다. 그러므로 문학을 통해 우리는 삶의 치열한 고통, 환희, 열정 등을 느끼고 감동한다. 정신적으로 자라나고 삶에 눈뜬다는 것은 때로는 아픈 경험이지만 이 세상을 의미 있게 살다 가기 위해서는 꼭 겪어야 할 통과의례이다.

다른 사람의 슬픔과 고뇌를 이해하지 못하는 사람, 그에게 동정을 느끼고 "같이 놀래?"라고 말하며 손을 뻗칠 줄 모르는 사람은 진정한 인간이 될 수 없다. 그러므로 문학작품을 읽는다는 것은 너와 내가 같고, 다른 사람도 나와 똑같이 인간이기 때문에 느낄 수 있는 고뇌와 상처를 이해하는 능력을 기르는 일이다. 그리고 삶을 살아가는 데 있어서, 또는 인간다운 삶을 영위하기 위해 이러한 인간 이해는 필수 조건이다.

　이 책은 2001년 8월부터 3년간 〈조선일보〉 '문학의 숲, 고전의 바다'라는 북 칼럼에 게재되었던 글을 모은 것이다. (시작할 당시 보스턴에서 안식년을 보내고 있었던 터라 불가피하게 미국이 배경이 된 글들이 몇 개 있다.) 2004년 9월 말, 조금은 심각한 병에 걸려 본의 아니게 갑자기 중단하게 될 때까지, 나는 이 칼럼을 통해 많은 독자들을 만났다. 마치 숨겨놓은 보석을 하나씩 꺼내 보듯, 일생 동안 내 안에 쌓인 책들을 하나씩 꺼내면서 새로운 감회에 젖었고, 위대한 작가들의 재능에 다시 한번 감탄하며 고맙고 행복했다.

　신문의 특성상 각 칼럼의 길이를 원고지 10매에 맞추었지만, 이 기막힌 고전들을 그렇게 짧은 호흡으로 소개한다는 것은 한마디로 불가능이다. 그뿐인가, 나는 그나마 그 10매도 책과는 무관한 나의 사적인 이야기, 일상적 이야기를 많이 끼워 넣음으로써 주어진 길이도 다 활용하지 못했다. 그래서 어떤 의미에서 이도저도 아닌 정체불명의 글들이 되어버렸다. 이 글들을 읽으면 사실 상식적인 선에서 작가 이름과 작품 제목 정도를 배우는 정도요(모든 원제는 영어 표기법을 따랐다), 작품 분석은커녕, 기껏해야 약간의 줄거리를 알 수 있는 정도인지도 모른다. 문학을 가르치는 교수로서의 임무를 제대로 수행하지 못한 셈이고, 작가들이 무덤 속에서 꿈틀하며 화를 낼 노릇이다.

그러나 내가 여기에 소개한 책들은 작품의 스코프나 깊이로 볼 때 어차피 원고지 10매는커녕, 100매, 아니 각기 한 권의 책으로도 충분히 다 설명할 수 없는 작품들이다. 칼럼을 처음 시작할 때 신문사 측은 내게 한 가지 주문을 했다. "선생님의 글을 보고 독자들이 '아, 이 책을 한번 읽어보고 싶다' 하고 도서관이나 책방으로 뛰어가도록 해달라"고. 그건 정말이지 어려운 주문이었다. 그렇게 짧은 지면으로 독자들이 금방이라도 그 책을 찾을 만큼 호기심을 유발시킬 재주가 내겐 없었기 때문이다.

그래서 고민 끝에 나는 욕심을 버리고 단지 아주 솔직하게 그 책들 하나하나가 내게 소중한 만큼, 독자들에게도 그 소중함을 전하려고 노력했다. 문학 교수로서 비평적으로 '고전'의 요건에 어떻게 걸맞은지 분석하기 전에 단지 하나의 독자로서 그 작품이 내 마음에 어떻게 와닿았는지, 어떤 감동을 주었는지, 그래서 그 작품들로 인해서 내 삶이 얼마나 더욱 풍요롭게 되었는지 솔직하게 쓰려고 노력했다. '문학의 숲'이라는 칼럼의 제목처럼 내 마음속으로 들어온 이 책들이 무성한 숲에 주

렁주렁 달려 있는 열매가 되어 내게 어떤 찬란한 향기와 양식
이 되었는지 전달하고 싶었다.

지난 수시 입학 전형 때 어느 학생에게 "문학 하는 사람들은
어떤 사람들이라고 생각하는가?"라고 질문한 적이 있었다. 잠
깐 생각하더니 그 학생은 "문학 하는 사람들은 이 세상이 조금
더 아름다워질 수 있다고 믿는 사람들이라고 생각합니다"라고
답했다. 그 어느 두꺼운 문학 이론 책보다 더 마음에 와닿는 말
이었다. 맞다, 인간이 아름다운 이유는 슬퍼도, 또는 상처받아
도 서로를 위로하며 어떻게 사랑하며 살아가는가를 추구할 줄
알기 때문이다. 그리고 문학은 그것을 우리에게 알려준다. 상
상력, 창의력, 논리적 분석력도 결국은 인간됨을 제대로 이해
하고 가장 인간적인 것을 추구하는 '올바른 생각'에서 나오는
것이고, 그것은 바로 "같이 놀래?" 하며 손 내미는 어린아이의
마음에서 시작되는지도 모른다.

그래서 이 책은 어떤 의미에서 나의 '손 내밈'이다. 문학의
숲을 함께 거닐며 향기로운 열매를 향유하고 이 세상이 더 아
름다워질 수 있다는 믿음을 나누고 싶은 나의 초대이다. 내 안
의 책들이 내가 생각하고 느끼는 법, 내가 다른 이들과 함께 조
화를 이루며 살아가는 법을 결정지었고 내 안의 힘이 된 것처

럼, 누군가 이 책을 통해 문학의 숲에서 사랑을 만나고 길을 찾는다면, 그래서 더욱 굳건하게 살아갈 희망과 용기를 얻는다면 그처럼 큰 보람은 없을 것이다.

서로에게 "같이 놀래?"의 화합의 손을 내미는 더 아름다운 세상을 위하여······.

2005년 3월

강 명희

차례

1

내가 당신을 어떻게 사랑하냐고요?
방법을 꼽아볼게요.
내 영혼이 닿을 수 있는 깊이만큼,
넓이만큼, 그 높이만큼 당신을 사랑합니다.

- 엘리자베스 브라우닝

Gustave Caillebotte, *Chemin Montant*, 1881

어느 봄날의 단상

수업 시간에 늦어 부리나케 학교에 들어서는데 어느새 피었는지 개나리 덤불이 노란 뭉게구름이 되어 교정을 덮고 있었다. 아, 봄이로구나! 문득 마음속으로 외쳤다. 신비로운 계절의 순환도 이제는 타성이 되어 하나도 새로울 것도, 신기할 것도 없는 나이. 그저 일상에 쫓기며 살다 보니 무심히 흐르는 세월 속에 어느덧 봄이 온 것도 모르고 있었다.

수업을 마치고 책상 위에 쌓인 우편물들을 뜯어보니 미국 친구가 보내준 라이너 마리아 릴케Rainer Maria Rilke, 1875~1926의 《젊은 시인에게 보내는 편지Letters to a Young Poet》라는 얇은 책자가 있었다. 라이너 마리아 릴케······ 한동안 잊고 있었던 이름이었다. 이 세상에서 내가 알고 있는 모든 작가 이름 중 가장 낭만적이고 아름다운 이름.《말테의 수기》,《두이노의 비가》등 고독, 슬픔, 사랑, 죽음의 시를 쓰고 장미 가시에 찔려 죽은 시인. 중학교 때 열심히 외웠던 윤동주의 〈별 헤는 밤〉에 나오는 시인······.

"어머님, 나는 별 하나에 아름다운 말 한마디씩 불러봅니다. 소학교 때 책상을 같이했던 아이들의 이름과, 패, 경, 옥 이런 이국 소녀들의 이름과, ······ 프랑시스 잠, 라이너 마리아 릴케 이런 시인의 이름을 불러봅니다."

"때로는 가슴 안에 우울도 꽃이 될 수 있다네 / 때로는 가슴 안에 사랑도 죄가 될 수 있다네 / 오늘 내가 그대에게 보내는 / 흑장미 한 송이 / 전생에 뉘 가슴에 맺혔던 피망울인지"라고 처절할 정도로 낭만적인 연가를 부른 시인. 그리고 이렇게 자지러질 듯 샛노란 개나리가 필 때면 불현듯 밀려오는 향수처럼 내 어린 시절 어느 봄날과 함께 생각나는 이름이다.

내가 초등학교 2학년 때 살았던 제기동 우리 집 근처에는 복개된 넓은 개천이 있었다. 여름이면 온갖 잡초가 무성해 모기의 온상이었지만, 봄이면 이리저리 엉킨 길다란 덤불에서 개나리가 흐드러지게 피곤 했다. 하루는 집 앞에서 친구들과 공기놀이를 하고 있는데 그쪽에서 놀던 아이들이 뛰어오며 소리를 질렀다.

"이리 와봐! 사람이 죽어 있어! 빨리!"

우리들이 우르르 몰려간 그곳에는 정말 개나리 덤불 밑에 검정색 고등학교 교복을 입은 학생이 모자를 쓴 채로 웅크리고 누워 있었다. 진짜 죽은 듯이 눈을 감고 꼼짝도 하지 않고 있었다. 곧 엄마들이 불려 나왔고, 우리는 그가 죽은 것이 아니라 며칠 동안 굶어서 허기가 져서 쓰러져 있었던 것이라는 것을 알았다.

엄마는 그를 우리 집에 데리고 가서 점심을 주었고, 아이들은 다 우리 집으로 몰려와 그가 툇마루 끝에 앉아서 밥을 먹는 것을 구경했다. 물론 집주인의 자격으로 내가 제일 좋은 자리를 차지했지만, 그가 밥을 아주 천천히, 오랫동안 씹어 먹었다는 것 외에는 별로 생각나는 것이 없다. 그러나 나는 그때 그의 무릎 위에 놓여 있던 책 표지에 '라이너 마리아 릴케 시집'이라고 쓰여 있던 것을 분명히 기억한다.

릴케가 1903년부터 1908년까지 어느 시인 지망생에게 보낸 편지를 모은 《젊은 시인에게 보내는 편지》에서 내가 가장 인상 깊게 읽은 부분은 그의 사랑에 관한 정의이다.

"우리는 어려운 것에 집착하여야 합니다. 자연의 모든 것들은 어려운 것을 극복해야 자신의 고유함을 지닐 수 있습니다. 고독한 것은 어렵기 때문에 좋은 것입니다. 한 사람이 다른 사람을 사랑하는 것도 어렵기 때문에 좋은 것입니다. 아마도 내가 알기에 그것은 가장 어려운 일이고 다른 모든 행위는 그 준비 과정에 불과합니다. 젊은이들은 모든 일에 초보자이기 때문에 아직 제대로 사랑할 줄을 모릅니다. 그러나 배워야 합니다. 모든 존재를 바쳐 외롭고 수줍고 두근대는 가슴으로 사랑을 배워야 합니다. 사랑은 초기 단계에서는 다른 사람과의 합일, 조화가 아닙니다. 사랑은 우선 홀로 성숙해지고 나서 자기 스스로를 위해서, 그리고 다른 사람을 위해 하나의 세계가 되는 것입니다."

그러니 릴케에 의하면 누군가를 사랑하는 것도 자격이 필요해서, 먼저 나 스스로의 성숙한 세계를 이루어야 한다. 언제부터인가 삶의 안일주의에 빠져 어려운 것을 피하고 나의 '고유함'을 잃은 지 오래고, 남을 위해 하나의 '세계'가 되기는커녕 여전히 옹졸한 마음으로 길을 잃고 헤매며 살아가는 나는 어쩌면 사랑할 자격조차 갖추지 못했는지 모른다.

중년의 어느 봄날, 배고파 기절하면서도 시를 읽는 어리석음
이 문득 그리움으로 다가오는 것은 웬일일까. '릴케'라는 이름
이 열정과 낭만을 잃고 한 줌의 재가 되어버린 나의 메마른 가
슴에 작은 불씨를 지펴놓은 모양이다.

병원에서 만난 어린 왕자

어제 오후 어느 대학병원 방사선 치료실 앞에 앉아 있어야 할 일이 있었다. 치료를 받으러 온 암 환자들이 차례를 기다리면서 서로 각자가 겪는 고통을 호소하고 있었다. 그때 치료를 받기 위해 병실에서 내려온 입원 환자인 듯, 환자복을 입은 예닐곱 살 난 남자아이가 엄마와 함께 내 쪽으로 왔다.

아이 엄마와 다른 환자들이 나누는 대화를 들어보니, 아이는 소뇌암이고 항암 치료를 무척 고통스러워하는 모양이었다. 유난히 흰 얼굴에 파리하게 깎은 머리가 안쓰러워 보이는 아이는 내 옆 빈자리에 앉았다. 그러고는 한동안 나와 내 목발을 번갈아 보더니 물었다.

"아줌마, 이 목발들을 짚어야 걸을 수 있어요?" "그렇다"고 끄덕이자 아이는 "그럼 어깨가 너무 아프겠어요"라고 말하는 것이었다. 그러더니 몇 년 전 프랑스에 다녀온 학생이 선물로 준 작은 어린 왕자 플라스틱 인형이 달린 내 열쇠고리를 한참 만지작거렸다.

"그런데 아줌마, 이 어린 왕자는 눈이 없어요." 너무 낡아 눈이 지워졌기 때문이다. "아줌마가 다시 눈을 그려줬으면 좋겠어요. 그래야 어린 왕자가 다시 볼 수 있잖아요."

1943년 출간된 생텍쥐페리Antoine de Saint-Expéry, 1900~1944의 《어린 왕자The Little Prince, 1943》는 장르로 따지면 동화의 범주에 속하지만 내용으로 보면 아이보다는 어른에게 더욱 걸맞은 책이다.

어느 날 사하라 사막 한가운데 불시착한 비행사 '나'는 이상한 복장의 어린아이를 만난다. 그 소년은 아주 작은 소혹성의 왕자였다. 투정만 부리는 장미꽃을 별에 남겨두고 여행길에 오른 왕자는 여섯 개의 별 — 각기 명령하는 것밖에 모르는 왕(남에게 군림하려고만 드는 어른), 남들이 박수 쳐주기만을 바라는 허영꾼(허영 속에 사는 어른), 술을 마시는 게 부끄러워 그걸 잊기 위해 술을 마시는 술꾼(허무주의에 빠진 어른), 우주의 5억 개 별이 모두 자기 것이라고 되풀이해 세고 있는 상인(물질 만능주의의 어른), 1분마다 한 번씩 불을 켜고 끄는 점등인(기계문명에 인간성을 상실한 어른), 아직 자기 별도 탐사해 보지 못한 지리학자(이론만 알고 행동이 결여된 어른)가 사는─ 을 순례하고 지구에 왔다.

어린 왕자는 우연히 아름다운 장미가 가득 피어 있는 정원을 보고 지금까지 단 하나의 장미를 갖고도 부자라고 생각했던 자신이 초라해져서 그만 풀밭에 엎드려 울고 만다. 너무 쓸쓸한 나머지 여우에게 친구가 되자고 제안하자 여우는 아직 '길들여지지' 않아서 친구가 될 수 없다고 말한다.

"내게 넌 아직 다른 아이들과 다를 바 없는 한 아이에 불과해. 하지만 네가 날 길들인다면 우리는 서로를 필요로 하게 되지. 내겐 네가 이 세상에서 오직 하나밖에 없는 존재가 될 거야. 만일 네가 날 길들인다면, 마치 태양이 떠오르듯 내 세상은 환해질 거야. 나는 다른 발자국 소리와 구별되는 네 발자국 소리를 알게 될 거고. 저길 봐! 밀밭이 보이지? 난 빵을 먹지 않으니까 밀밭은 내게 아무 의미도 없어. 그건 슬픈 일이지. 그러나 넌 금빛 머리칼을 가졌어. 그러니까 네가 날 길들인다면 밀은 금빛이니까 너를 생각나게 할 거야. 그러면 난 밀밭을 지나가는 바람 소리도 사랑하게 되겠지. 만약 네가 오후 네 시에 온다면, 난 세 시부터 행복해지기 시작할 거야. 그리고 시간이 지날수록 더욱더 행복해질 거야."

작별 인사를 할 때, 여우는 선물로 비밀을 하나 가르쳐준다. "내 비밀이란 이런 거야. 제대로 보려면 마음으로 봐야 해. 가장 중요한 것은 눈에는 보이지 않거든." 어린 왕자는 마음을 쏟아 '길들인' 장미의 소중함을 기억하고 다시 자기 별로 돌아간다.

무조건 '보임'이 중요한 이 세상에서 살아남기 위해 무관심과 이기주의로 단단히 무장하고 살아가는 내게 자신의 고통보다는 남의 고통을 먼저 알아보던, 병원에서 만난 어린 왕자(이름이 '호재'라고 했다)는 이 '비밀'을 다시 일깨워주었다.

집에 돌아와서 나는 호재의 부탁을 잊지 않고 내 열쇠고리의 색 바랜 어린 왕자 얼굴에 사인펜으로 눈을 그려 넣었다.

내 마음속 어딘가에서 잠자고 있을 어린 왕자가 깨어나 다시 '마음의 눈'으로 세상을 볼 수 있게끔…….

Cuno Amiet, *Der gelbe Hügel*, 1903

사랑의 힘

때로는 선생이라는 내 직업이 두려울 때가 있다. 내가 별생각 없이 한 말이 젊은 학생들의 마음에 두고두고 남거나 어떤 때는 그들이 삶의 중요한 결정을 내릴 때에 큰 영향을 미치기도 한다.

지난 스승의 날 병희에게서 온 편지에는 "선생님 말씀에 힘입어 저는 교사가 되었습니다. 인문관 앞 벤치에 앉아 있는 제게 선생님이 '졸업하면 뭐 하니? 넌 좋은 선생이 될 텐데'라고 말씀하셨지요. 그래서 전 선생님이 되었습니다"라고 쓰여 있었다.

좋은 선생이 되기에 완벽한 조건을 갖추고 있는 병희이지만, 난 내가 언제 그런 말을 했는지 전혀 생각이 나지 않는다.

지난주 청첩장을 들고 찾아온 민우는 병약하다고 부모님이 반대하는데도 불구하고 오랫동안 사귀던 여자 친구와 결혼한다고 했다. "선생님이 말씀하셨죠. 사랑의 힘은 위대하다고. 사랑의 힘이 얼마나 위대한지 모든 사람들에게 보여줄 겁니다." 오래전 영문학 개론 시간에 내가 브라우닝의 시를 가르치면서 결론적으로 그렇게 말했었다는 것이다.

당신이 날 사랑해야 한다면

오직 사랑만을 위해 사랑해 주세요.

그녀의 미소 때문에…… 그녀의 모습…… 그녀의

부드러운 말씨…… 그리고 내 맘에 꼭 들고

힘들 때 편안함을 주는 그녀의 생각 때문에

'그녀를 사랑해'라고 말하지 마세요.

사랑하는 이여, 이런 것들은 그 자체로나

당신 마음에 들기 위해 변할 수 있는 것,

그리고 그렇게 얻은 사랑은 그렇게 잃을 수도 있는 법.

내 뺨에 흐르는 눈물

닦아주고픈 연민 때문에 사랑하지도 말아주세요.

당신의 위안 오래 받으면 눈물을 잊어버리고,

그러면 당신 사랑도 떠나갈 테죠.

오직 사랑만을 위해 사랑해 주세요.

사랑의 영원함으로 당신 사랑 오래오래 지니도록.

민우가 자신의 청첩장에 인쇄한 이 시는 영문학사에서 가장 유명한 사랑의 이야기로 꼽히는 로버트 브라우닝Robert Browning, 1812~1889과 엘리자베스 배럿 브라우닝Elizabeth Barret Browning, 1806~1861의 열애의 기록으로서, 마흔 살의 노처녀이자 장애인이었던 엘리자베스 배럿이 당시로서는 무명 시인이었던 여섯 살 연하의 로버트 브라우닝의 끈질긴 구애를 받아들이면서 쓴 연시이다.

현재는 문학사적 위치가 남편의 명성에 가려졌지만 당시만 해도 그녀는 남편보다 훨씬 유명한, 워즈워스의 뒤를 이을 계관시인의 후보로 꼽히는 시인이었다. 어렸을 때부터 재기가 뛰어나 네 살 때부터 시를 쓰기 시작했던 그녀는 이미 열한 살 때 〈마라톤 전쟁〉이라는 4권으로 된 서사시를 발표했다.

유복한 가정, 아름답고 전원적인 환경 속에서 시재詩才를 마음껏 발휘할 수 있었던 배럿의 소녀 시절은 행복했다. 그러나 열다섯 살 되던 해에 그녀는 말에 안장을 얹었다가 척추를 다치고 다시 몇 년 후에는 가슴의 동맥이 터져 시한부 인생을 선고받는다. 1844년에 출판된 《시집*Poems*》은 큰 성공을 거두었고, 젊은 시인 브라우닝은 1845년 1월 10일 지금은 유명해진 다음과 같은 대담한 편지를 쓴다.

"배럿 양, 당신의 시를 온 마음 다해 사랑합니다. 당신의 시는 내 속으로 들어와 나의 한 부분이 되었습니다. 온 마음 다해 그 시들을 사랑하고, 그리고 당신도 사랑합니다."

그해 봄 그는 그녀를 방문하고, 그후 그들이 결혼할 때까지 약 2년 동안 나눈 연서만 해도 두꺼운 책 두 권에 달한다. 그러나 두 사람의 사랑은 이미 딸의 죽음을 준비하고 있던 엘리자베스의 아버지의 강력한 반대에 부딪히고, 두 연인은 브라우닝의 친구 한 명과 엘리자베스의 하녀만이 참석한 가운데 비밀 결혼식을 올리고 엘리자베스의 건강을 위해 기후가 따뜻한 이탈리아로 떠난다.

그곳에서 브라우닝 부부는 활발한 작품 활동을 했으며, 사랑의 힘은 생명의 힘까지 북돋아 배럿은 1849년에 아들을 순산했고, 15년 동안 행복한 결혼 생활을 한 후 1861년 6월 29일

남편이 지켜보는 가운데 눈을 감았다.

　아마도 민우를 가르칠 때 내가 이런 브라우닝 부부의 사랑 이야기를 해주었나 보다. 사랑의 힘을 믿는 민우의 앞날에 행복과 축복만이 가득하기를 절실히 소망하며 나는 결혼 축하 카드에 엘리자베스 브라우닝의 또 다른 시 〈당신을 어떻게 사랑하느냐고요?〉를 적어주었다.

　내가 당신을 어떻게 사랑하느냐고요?
　방법을 꼽아볼게요. 내 영혼이 닿을 수 있는
　깊이만큼, 넓이만큼, 그 높이만큼 당신을 사랑합니다······.

마음의 성역

내가 지금 죽어 하늘의 심판대에 서서 이제껏 지상에서 지은 죄를 모두 고백해야 한다면, 무수한 죄 중에 제일 먼저 "저는 누군가의 '마음의 성역'을 침범한 적이 있습니다"라고 말할 것이다.

6, 7년 전 법학과 2학년 학생들이 수강하는 교양영어 과목과 영문과 2학년 영작 과목을 동시에 맡았던 때의 일이다. 우연히 두 반의 수강생 수가 스물네 명씩 똑같고 법학과 학생들은 모두 남학생, 영문과는 여학생만 있었다. 일부러 그렇게 만들려고 해도 만들 수 없는 좋은 기회라고 생각, 나는 두 반 학생들

에게 영어로 펜팔을 시키기로 했다. 각자 배우 이름이든 작가 이름이든 자기가 잘 아는 영어 이름으로 가명을 쓸 것, 두 장 이상 영어로 쓸 것, 예쁜 편지지에 쓰되 자기 신상에 관한 말이나 낭만적인 말을 쓰지 말 것 등, 몇 개의 법칙을 정하고 임의로 남녀 짝을 지어 펜팔 상대를 정해주었다. 나는 일주일에 한 번씩 편지를 걷어서 점검하고 배달해 주는 우체부 역할을 맡았다.

그런데 학기가 시작되고 나서 첫째 주에 영문과 여학생 하나가 휴학을 하게 되었다. 할 수 없이 그 여학생의 자리를 내가 메우기로 했는데, 나의 '펜팔' 명호(가명)에게는 말하지 않았다.

한참 이성에 관심이 많은 학생들이라, 나의 '교육적' 실험은 큰 효과를 거두어서, 영어로 문단 하나 쓰는 것도 힘들어하는 학생들까지도 영화 이야기며 음악, 동아리 이야기들을 나누며 두 장의 편지를 꼬박꼬박 써 왔고, 자신의 펜팔에게서 오는 편지를 많이 기다리는 눈치였다. 성실하고 착한 명호는 광주에서 올라와서 누나 집에서 기거하고 있는 학생이었는데, 외로움을 잘 타고 책을 많이 읽는 학생이었다. 마침 사법고시 준비를 하고 있던 터라 나는 자주 격려의 말을 써주었다. 그런데 편지가 오고 감에 따라 나는 점차 명호가 내게, 아니 내가 가장한 '캐서린'이라는 영문과 2학년 여학생에게 마음을 주기 시작하는 것을 느꼈다.

더럭 겁이 났으나 이제 와서 캐서린이 나라고 밝힐 수는 없는 노릇이었다.

여덟 번가량의 편지 교환 후에 종강이 되었고 나는 학생들에게 모르는 사람과 편지를 나눈 기억을 대학 생활의 추억으로만 간직할 뿐, 끝까지 익명으로 남고 자신의 펜팔을 찾지 말라고 당부했다. 마지막 편지에서 명호는 "이제껏 네가 나의 외로움을 많이 달래주어서 힘든 대학 생활을 너 때문에 잘 넘길 수 있었다. 너무나 고맙고, 너를 생각하며 꼭 사법고시에 붙겠다"고 다짐했다. 그리고 또 "내가 사법고시에 합격하면 여학생 화장실 문에 '캘빈 클라인(명호의 영어 이름)이 사법고시에 붙었다'라고 써 붙이겠으니, 그러면 내가 합격한 줄로 알고 함께 기뻐해 달라"고도 썼다.

그리고 1년쯤 후, 무심히 학교로 들어오던 나는 '사법고시 여덟 명 합격!'이라고 써놓은 커다란 플래카드가 걸려 있는 것을 보았다. 문득 명호 생각이 났다. 밑에 있는 명단에는 분명히 '법학과 3학년 김명호'라는 이름이 적혀 있었다.

그날 오후 인문관 여학생 화장실 문 앞에는 '캘빈 클라인이 사법고시에 붙었다!'라는 A4 용지가 붙어 있었다.

혹시나 걱정하고 있는데 아니나 다를까, 다음 날 명호가 날 찾아왔다. 그 여학생을 꼭 만나게 해달라고, 그 친구를 만나지 못하면 합격도 의미가 없다고 안타깝게 호소했다. 나는 그 여학생은 그 사이에 유학을 가서 연락이 안 된다고 또 거짓말을 했다. 명호는 자기 선생이 순전히 편의 때문에 자신의 '마음의 성역'을 마구 침범한 줄도 모르는 채 눈물을 흘리며 돌아섰다.

'마음의 성역sanctity of the human heart'이라는 말은 19세기 미국 작가 너새니얼 호손Nathaniel Hawthorne, 1804~1864이 그의 대표작 《주홍 글씨The Scarlet Letter, 1850》에서 쓴 말이다. 아름답고 젊은 부인 헤스터와 불륜을 범한 딤즈데일 목사에게 접근해 복수를 다짐하며 교묘하게 그의 영혼을 고문하는 늙은 칠링워스, 아이의 아버지를 밝히라는 주위의 압력에도 불구하고 가슴에 간통녀Adultress를 상징하는 주홍 글자 'A'를 달고 딸 펄과 묵묵히 살아가는 헤스터, 죄의식과 고뇌로 점차 쇠약해지지만 아이로니컬하게도 더욱 감동적이고 호소력 있는 설교를 하는 딤즈데일 목사. 이 세 사람의 삼각관계가 갈등의 주류를 이루는 이 소설에서 호손의 목적은 결국 미로와 같은 인간의 마음을 들여다보는 것이다. 조금씩 죽음에 다가서는 딤즈데일을 보다 못해 칠링워스가 자신의 남편이라는 사실을 밝히는 헤스터에게 딤즈데일이 말한다.

"우리가 지은 죄는 남을 해치지는 않았으나, 냉혹하게 남의 마음의 성역을 침범한 칠링워스야말로 가장 큰 죄를 지은 죄인이요!"

《주홍 글씨》뿐만 아니라 호손의 작품의 근저에는 항상 '머리와 마음Head and Heart의 균형'이라는 주제가 깔려 있다. 즉 머리는 지력·분석력·이성을 말하고 마음은 감성·이해·용서를 관장하는데, 지력만 너무 발달해도 안 되고 그렇다고 감정만 너무 발달해서 이성적 사고를 못 해도 참다운 인간이 되지 못한다는 것이다.

아내와 불륜을 범한 남자를 벌하고 싶은 것은 인간적인 욕망이지만, 자신의 정체를 숨긴 채 간교한 수법으로 남의 '마음의 성역'을 침범한 칠링워스는 호손이 말하는 '용서받지 못할 죄Unpardonable Sin'를 범한 것이다.

그러나 죄를 통해 승화된 헤스터가 선행과 자선을 통해 가슴의 A가 '천사Angel', 또는 '유능한Able'을 의미하도록 귀결짓는 호손이 우리에게 주는 메시지는 확실하다. 결국 호손이 제시하는 구원의 메시지는 그가 살았던 19세기보다는 머리만 점점 비대해지고 마음은 자꾸 작아지는 현대의 우리들에게 더욱 필요한 건지도 모른다.

요즈음도 19세기 미국 문학 시간에《주홍 글씨》를 가르치며 "가장 악한 자는 남의 마음의 성역을 침범하는 자"라는 문구를 읽을 때마다 그때 명호의 슬픈 뒷모습이 떠오른다.

'교통순경'과 '욕심꾸러기'

유학 시절에 쓰던 자료들 사이에서 성경책 한 권을 발견했
다. 거의 새것과 다름없었는데, 앞에는 '영희에게 브루닉 신부
가'라는 영어 서명이 있었다. 오래전 내가 유학 떠나기 바로 전
날, 브루닉 신부님이 내게 선물로 주셨던 성경책이었다.

오랫동안 잊고 있던 이름, 브루닉 신부님은 나의 대학 스승
님이다. 아니, 단지 스승을 넘어 내 삶의 은인이시다. 신부님이
안 계셨으면 나는 아예 대학에 다니지도 못했을지 모르니까.

아직 우리나라에서 신체장애에 대한 사회의식이 전혀 없던
70년대 초반, 내가 대학에 가는 것은 불가능해 보였다. 초등학

교 졸업 후 중·고등학교에 진학하는 것도 너무나 힘들었으니, 대학은 말할 것도 없었다. 다행히도(아니, 아이로니컬하게도) 내 학교 성적은 좋았고, 나는 꼭 대학에 가고 싶었다. 내가 고3이 되자 아버지(故 장왕록 박사)는 여러 대학을 찾아다니시며 입학 시험을 보게 해달라고 구걸하듯 사정하셨지만, 학교 측은 어차피 합격해도 장애인을 받아들일 수 없다는 이유로 번번히 거절했다. 아버지는 당시 서강대학교 영문과 과장님이셨던 브루닉 신부님을 찾아가 제발 시험만이라도 보게 해달라고 부탁을 하셨다.

신부님은 너무나 의아하다는 듯, 눈을 크게 뜨고 말씀하셨다. "무슨 그런 이상한 질문이 있습니까? 시험을 머리로 보지 다리로 보나요. 장애인이라고 해서 시험 보지 말라는 법이 어디 있습니까?"라고 반문하셨다고 한다. 아버지는 두고두고 그때 일을 말씀하셨다. "마치 갑자기 바보가 된 느낌이었다, 그렇지만 그렇게 기쁜 바보가 어디 있겠느냐"고……

약간 불그스레한 얼굴에 순진하고 맑고 큰 눈, 늘 만면에 미소를 띠시던 신부님은 1학년 전공필수인 영문학 개론을 강의하셨다. 그때 나는 서양 문학 최고의 고전은 성경과 그리스 로마 신화이며, 성경에 관한 지식 없이는 영문학을 공부할 수 없다는 것을 배웠다. 신부님은 문학작품을 마치 무슨 모노드라마를 하듯이 온몸으로 연기하시며 강의하셨다. 프랜시스 톰프슨의 〈하늘의 사냥개〉라는 시를 강의하실 때는 온 교실을 누비시며 정말 사냥개처럼 코를 쿵쿵거리고 다니셨고, 〈라 만차의 사람〉이라는 돈키호테에 관한 연극을 소개하실 때는 말을 타고 가며 창을 던지는 시늉을 하셨다. 교실 밖에서 나를 보시면 신부님은 두 팔을 벌리면서 "마리아(나의 세례명), 마리아, 사랑하는 마리아"라고 당시 유행하던 패티 김의 노래를 부르곤 하셨다.

신부님은 당시 우리말을 배우고 계셨지만, 이미 환갑에 가까운 나이시라 별로 큰 진전은 없는 듯했다. 그런데 한번은 강의를 하시다가 문득 한국말에서 제일 발음하기 힘든 두 단어는 '교통순경'과 '욕심꾸러기'라고 하셨다. 정말 신부님의 발음이 어찌나 우스꽝스러웠던지, 철없는 우리는 책상을 치며 깔깔대고 웃었다. 조금 머쓱해지신 신부님은 말씀하셨다.

"그런데 어떤 의미에서 문학은 삶의 '교통순경'이다. 교통순경이 차들이 남의 차에 방해되지 않도록 자기 차선을 따라 반칙 없이 잘 가고 있는가를 지키듯이, 문학은 궁극적으로 우리가 진정 사람답게, 제대로 살아가도록 우리를 지킨다. 그리고 이 세상에는 부나 권력을 좀 더 차지하려는 나쁜 '욕심꾸러기'

들이 많지만, 지식과 사랑, 그리고 꿈의 욕심꾸러기가 되는 것은 나쁘지 않다. 책을 많이 읽고 제대로 살아가는 방법을 배워라. 그리고 지식과 사랑의 욕심꾸러기들이 되어라."

신부님은 성품이 더할 나위 없이 착하고 온화한 분이셨지만 나는 신부님이 불같이 화를 내시는 것을 본 적이 있다.

당시 서강대학교에서는 체육이 대학 4년 내내 교양필수 과목이었는데, 담당이신 고 교수님은 내게 그 과목을 면제해 주시지 않고 체육관까지 와서 견학을 해야 점수를 주겠다고 하셨다. 수업이 있는 본관에서 노고산 밑의 체육관까지는 꽤 거리가 멀고 부분적으로 비포장도로라 사실 내게는 그곳까지 가는 것 자체가 '체육'을 넘어 에베레스트 등정보다 더 힘들었다. 게다가 눈이나 비가 올라치면 문자 그대로 악전고투였다. 그러나 고 교수님은 그렇게 힘들게라도 견학을 하고 페이퍼를 써내야 겨우 낙제 점수를 면한 D를 주곤 하셨다.

그런데 한번은 소나기가 오는 날 체육관으로 오다가 비포장도로에서 넘어져 진흙투성이가 된 나를 보시더니 비 오는 날은 오지 않아도 결석으로 치지 않겠다고 하셨다. 그러나 대학 3학년 되던 해 여름, 일찍 찾아온 장마 때문에 세 번 결석한 내게 교수님은 당신이 한 말씀을 잊으시고 내게 가차 없이 FA(서강대학교 특유의 학사 제도로 학점의 두 배수 이상 결석하면 자동으로 F 처리되는 점수)를 주셨다. 나의 충격은 컸다. 교수님에 대한 원망, 억울함, 부당함, 그리고 내가 아무리 노력해도 어쩔 수 없는 운명 때문에 F라는 굴욕적인 점수를 내 성적표에 담게 되었다는 사실이 감정적으로 너무나 힘들었다. 또 과목 낙제를 하면 다른 과목이 성적이 좋아도 장학금 수혜 대상에서 제외된다는 학칙 때문에 그 학기에 나는 장학금을 받을 수 없게 되었다.

나는 당시 영문과 과장님이시던 브루닉 신부님을 찾아갔고, 내 이야기를 들으시다가 신부님은 갑자기 벌떡 일어나셨다. 너무나 화가 나서 얼굴은 빨개지고 말까지 더듬으셨다.

"어떻게, 어떻게 그럴 수가. 그건 네 잘못이 아닌데……."

그리고 나는 그때 분명히 보았다. 신부님의 눈에 고인 눈물을.

이제 20여 년이 흘렀고, 나는 2002학번 새내기들에게 그때 신부님이 담당하셨던 영문학 개론을 가르친다. 알량한 체면 때문에 나는 학생들 앞에서 신부님처럼 그렇게 재미있는 모노드라마를 연출하며 가르치지 못하지만, 오랜만에 신부님을 기억하며 새삼 생각한다. '삶의 교통순경'인 문학을 가르치는 사람으로 나는 '제대로' 살아가고 있는지…… 제자들을 '지식과 사랑의 욕심꾸러기'로 만들고 있는지…… 그리고 내가 단 한 번이라도 진정 제자를 위해 눈물 흘린 적이 있는지…….

먼 훗날 지금 내가 가르치는 많은 학생 중에 누군가 단 한 명이라도 지금 내가 브루닉 신부님을 기억하는 것처럼 나를 기억해 줄는지…….

꿈꾸는 아버지

보험 설계사 김 선생이 새로 나온 연금에 대해 설명하다가 내 방에 있는 작은 조각품을 보더니 불쑥 말한다.

"선생님, 저는 정말이지 꼭 조각가가 되고 싶었어요. 애가 하나 있을 때까지만 해도 그래도 꿈을 꿨지만 지금은 애가 둘이니……" 하고 말끝을 흐린다.

미국에서 제일 인기 있는 TV 토크쇼인 〈오프라 윈프리 쇼〉의 지난주 주제는 '꿈꾸는 아버지'였다. 30대에서 50대에 걸친 가장家長 예닐곱 명이 모여 이제껏 아무에게도 보이지 않은 속내를 털어놓았다. 사회라는 거대한 메커니즘 속에 던져져 방향

감각 잃고 방황하는 혼자만의 삶도 버거운데, 몇 사람의 행복이 자신에게 달려 있다는 무거운 책임감, 자연히 '나'는 없어지고 '가족'이 삶의 전부가 되지만 늘 '밖에 있는 존재'로서 가족에게 가까이 다가갈 수 없는 소외감, 아이들의 꿈, 가족 공동의 꿈에 밀려 자신이 가슴속에 갖고 있는 꿈을 비밀에 부칠 수밖에 없는 좌절감 등을 그들은 눈물까지 글썽이며 말했다.

후에 비디오로 그 모습을 본 아내들은 이구동성으로 "놀랐다"고 말했다. 남편들은 단지 '남편'이며 '아버지'일 뿐, 그들도 두려움을 느끼고 눈물을 흘릴 줄 아는 하나의 '인간'이라는 사실을 잊고 있었다고 했다. 그들도 가족과 상관없이 하고 싶은 일, 나름대로의 꿈이 있다는 것에 미처 생각이 미치지 못했다고 했다.

테너시 윌리엄스, 유진 오닐과 함께 20세기 미국을 대표하는 최고의 극작가로 평가받는 아서 밀러Arthur Miller, 1915~2005의 대표작《세일즈맨의 죽음Death of a Salesman, 1949》은 바로 이런 주제를 다루고 있다. 주인공 윌리 로만은 예순세 살 된 세일즈맨이다. 그는 사람들과 좋은 관계를 맺고 최선을 다해 열심히 일하면 언젠가는 세일즈맨으로 성공하고 자기 사업을 시작할 수 있다는 꿈을 갖고 있다. 가정적이고 상냥한 아내 린다가 있고, 월부로 집 한 채도 샀으니 몇십 년 후면 그것도 자기 소유가 될 것이다. 게다가 이웃이 부러워하는 두 아들까지, '행복한 삶'의 조건을 모두 갖춘 셈이다.

그러나 나이가 들수록 윌리의 꿈은 점점 희미해져 간다. 세일즈맨으로서의 성과급은 자꾸 줄어들고, 결국 회사에서 일방적으로 해고를 당한다. 희망의 상징이던 두 아들도 무능한 아버지에게 반항하며 빗나가기 시작한다. 배반감, 슬픔, 피로 그리고 깨어진 꿈에 대한 절망감은 윌리를 거의 정신착란으로까지 몰고 간다.

윌리는 결국 두 아들에게 보험금이라도 남기기 위해 자동차를 폭주해서 자살하지만, 그의 죽음으로 타게 된 보험금은 겨우 집의 마지막 월부금을 낼 수 있을 만한 액수였다.

《세일즈맨의 죽음》은 산업화되고 물질주의화된 현대 문명 속에서 마치 하나의 소모품처럼 버려지는 소시민의 삶을 그리고 있다. 처음 막이 오르면, 윌리는 견본이 가득 든 무거운 가방을 양손에 들고 집으로 돌아온다. 세일즈 여행에서 돌아오는 그의 어깨는 축 처지고 지칠 대로 지쳐 있다. 그러나 밀러는 윌리가 파는 물건이 무엇이며, 그 가방 안에는 어떤 견본이 들어 있는지 밝히지 않고 있다. 그 내용물이 무엇이든, 궁극적으로 윌리가 팔고 있는 것은 어쩌면 자기 자신인지도 모른다.

아들들이 사회적으로 '성공'이라는 것을 하지 못한 아버지에게 등을 돌릴 때, 끝까지 깊은 연민과 이해로 남편을 지키는 린다는 말한다.

"너희 아버지가 대단히 훌륭한 사람이란 건 아니야. 윌리 로만은 큰돈을 번 일도 없고, 신문에 이름이 난 적도 없어. 하지만 네 아버지도 인간이야. 그러니까 소중히 대해 드려야 해. 늙은 개처럼 객사를 시켜서는 안 돼."

대부분의 아버지들은 윌리 로만처럼 큰돈을 버는 일도, 신문에 이름이 나는 일도 없다. 가끔씩 '인생역전'의 허무맹랑한 꿈도 꾸어보지만, 매일매일 가족을 위해 더러워도 허리 굽히고 손 비비며 성실하게 살아간다.

그래서 오늘도 아버지들은 가슴속에 꿈 하나 숨기고 자신을 팔기 위해 무거운 가방 들고 정글 같은 세상으로 나간다.

시인의 사랑

사랑이 이우는 시간이 다가왔습니다.

우리들의 슬픈 영혼은 이제 지치고 피곤합니다.

헤어집시다. 정열의 시간이 우리를 잊기 전에

수그린 당신 이마에 입맞춤과 눈물을 남기고……

어제는 낙엽 쌓인 교정이 한눈에 내려다보이는 도서관 창가에서 책을 읽다가 20세기 영국 시의 거장 윌리엄 버틀러 예이츠William Butler Yeats, 1865~1939의 시 〈낙엽〉을 떠올렸다. 사랑의 좌절과 이별, 식어가는 정열을 생명이 스러져가는 가을에 비유한 이 시는 잘 알려지지는 않았지만 예이츠 초기 시의 낭만성이 돋보이는 시다.

나는 가끔 재미 삼아 작가들의 전기를 읽는다. 남의 삶을 엿보는 것 같은 단순한 흥미 외에도 그들이 쓰는 위대한 작품들의 원동력은 어디에서 나오는지 호기심이 나기 때문이다. 그래서 어제는 내친김에 예이츠의 전기를 읽었다. 예이츠의 작가적 명성은 그의 연시와는 무관하지만, 그의 전기를 읽으며 가장 인상 깊은 부분은 그의 사랑 이야기였다. 〈낙엽〉은 그가 일생을 걸고 운명처럼 사랑한 모드 곤Maud Gonne, 1866~1953을 처음으로 만난 1889년 가을에 쓰인 시로서, 순조롭지 못한 두 사람의 사랑을 예견하고 있다.

극작가 조지 버나드 쇼가 '특출하게 아름답다'고 묘사한 모드 곤이 친구 소개로 예이츠를 방문하던 날, 예이츠는 그녀가 마차에서 내리는 순간 이미 사랑에 빠졌다고 고백한다. 짤막한 시 〈화살〉에서 그는 큐피드의 화살을 맞은 달콤한 고통을 묘사한다.

"당신의 아름다움을 생각했습니다 / 그러자 그 생각은 날카로운 상념의 화살이 되어 내 뼈 속 깊이 박혔습니다."

그러나 모드 곤에 대한 예이츠의 사랑은 처음부터 일방적인 것이었다. 금발 미녀에 열정적인 성격의 곤은 당시 유명한 아일랜드 독립 운동가로서 늘 시위나 회의를 주도했고, 한 남자의 연인으로 남기에는 너무 야심 많고 자유분방한 여인이었다. 1891년 예이츠는 마침내 그녀에게 청혼하지만 거절당한다. 그녀에 대한 예이츠의 집착은 거의 숭배에 가까웠고, 그래서 그의 사랑은 극심한 고뇌만 가져올 뿐이었다.

1903년 겨울, 그는 곤이 독립 운동의 동지인 존 맥브라이드와 결혼했다는 소식을 듣는다. 그 충격은 대단해서, 예이츠는 그날을 한 시詩에서 "번개와 함께 당신이 내게서 떠나던 날 / 내 눈은 멀고, 내 귀가 안 들리게 된 바로 그날"이라고 묘사한다.

그러나 모드 곤의 결혼은 곧 파경에 이르렀고 예이츠의 구애는 이후에도 계속되어, 사랑의 시에서는 어김없이 그녀에 대한 연정과 정열이 되살아나곤 한다. "내 청춘이 다하도록 / 내 모든 것을 앗아간 그녀 / 날이 밝을 때마다 / 그녀를 위해 깨어나 / 나의 선과 악을 가늠해 본다……."

한마디로 그의 사랑은 역설적으로 희열의 고통이었다. 혼신을 다 바친 끈질긴 사랑이 결국은 열매를 맺지 못했지만, 노년에 그는 모드 곤에 대한 자신의 사랑을 좀 더 객관적으로 평가한다. 자신이 느꼈던 지독한 상실감을 솔직하게 고백하며, 그녀는 끝내 자신을 이해하지 못했으나 그 몰이해야말로 그의 시와 삶에 끊임없는 자극이 되었고, 만약 그녀가 자신을 받아들였더라면 "가난한 언어 같은 것은 버리고 그저 살아가는 데만 만족했을지도 모른다"고 밝히고 있다.

그러고 보면 모드 곤은 한 남자의 청춘을 파괴한 대가로 한 명의 위대한 시인을 탄생시킨 셈이다. 영국 시인 하우스먼A. E. Houseman, 1859~1936은 시를 쓰는 작업을 "상처받은 진주조개가 지독한 고통 속에서 분비 작용을 하여 진주를 만드는 일"에 비유하고 있다. 시뿐만 아니라 작가들의 전기를 읽어보면 극심한 내적 고통을 겪고 난 후 영혼의 깊은 상처를 승화하여 주옥같은 작품들을 쓰는 예가 허다하다.

그러나 영혼도 영혼 나름인지, 험한 세상 이리저리 부대끼며 살면서 내 영혼도 상처투성이지만 아름다운 진주 같은 작품은커녕 이 짤막한 글 하나 쓰는 데도 어젯밤 잠을 설쳤으니, 떨어지는 낙엽을 보며 한숨지을 뿐이다.

2

내가 만약 누군가의 마음의 상처를
막을 수 있다면 헛되이 사는 것 아니리
내가 만약 한 생명의 고통을 덜어주고
기진맥진해서 떨어지는 울새 한 마리를
다시 둥지에 올려놓을 수 있다면
내 헛되이 사는 것 아니리.

- 에밀리 디킨슨

Joaquín Sorolla, *San Sebastian Landscape*

우동 한 그릇

안식년을 마치고 귀국하니 마치 낯선 나라에 오기라도 한 듯, 1년간의 나의 빈자리가 어쩐지 어색하고 낯설다. 그동안 서강대 캠퍼스나 신촌 부근에 새로운 건물이 많이 들어섰고, 우리 동네만 해도 전에는 없던 커다란 아파트 단지가 새롭게 생겨나고 있다. 돌아온 지 약 보름, 벼르고 벼르다가 오늘 오후에는 미국에 있을 때부터 먹고 싶었던 떡볶이를 사 먹으려고 명훈이네를 찾아갔다.

분명 경성고등학교 앞 골목 안에 있었는데 골목 상인들의 업종이 많이 바뀌기는 했지만, 명훈이네는 가게 자체가 온데간데

없이 사라져 찾을 수가 없었다. 작은 구멍가게 한쪽을 빌려 떡볶이와 오뎅을 팔던 명훈이 엄마는 그나마 경쟁이 심해지고 장사가 잘 안돼 어디론가 이사를 했다는 것이다. 가끔 퇴근길에 들르면 오뎅 국물에 우동을 말아주던 명훈이 엄마. 몇 년 전 남편이 교통사고로 죽고 열 살짜리 명훈이와 여섯 살짜리 명식이를 혼자 키우며 어렵게 살고 있었는데, 지금은 어디에서 어떻게 살고 있는지 궁금하기 짝이 없다. 늘 비좁은 엄마 가게 한 귀퉁이 쪽마루에서 앉은뱅이 상을 놓고 숙제를 하던 명훈이의 모습도 떠오른다.

일본 작가 구리 료헤이의 《우동 한 그릇》은 바로 일본판 명훈이네 이야기라고 할 수 있다. 일본 국회에서 한 국회의원이 이 이야기를 읽어 온 국회를 눈물바다로 만들었다는 유명한 이야기이기도 하다.

섣달 그믐날 '북해정'이라는 작은 우동 전문점이 문을 닫으려고 할 때 아주 남루한 차림새의 세 모자母子가 들어왔다.

"어서 오세요!"

안주인이 인사를 하자 여자는 조심스럽게 말했다.

"저…… 우동을 1인분만 시켜도 될까요?"

그녀의 등 뒤로 열두어 살 되어 보이는 소년과 동생인 듯한 소년이 걱정스러운 표정으로 서 있었다.

"아, 물론이죠, 이리 오세요."

안주인이 그들을 2번 테이블로 안내하고 "우동 1인분이요!" 하고 소리치자 부엌에서 세 모자를 본 주인은 재빨리 끓는 물에 우동 1.5인분을 넣었다. 우동 한 그릇을 맛있게 나눠 먹은 세 모자는 150엔을 지불하고 공손하게 인사를 하고 나갔다. "새해 복 많이 받으세요!" 주인 부부가 뒤에 대고 소리쳤다.

다시 한 해가 흘러 섣달 그믐날이 되었다. 문을 닫을 때쯤 한 여자가 두 소년과 함께 들어왔다. '북해정'의 안주인은 곧 그녀의 체크 무늬 재킷을 알아보았다.

"우동을 1인분만 시켜도 될까요?"

"아, 물론이죠, 이리 오세요." 안주인은 다시 2번 테이블로 그들을 안내하고 곧 부엌으로 들어와 남편에게 말했다.

"3인분을 넣읍시다."

"아니야, 그럼 알아차리고 민망해할 거야."

남편이 다시 우동 1.5인분을 끓는 물에 넣으며 말했다.

우동 한 그릇을 나누어 먹으며 형처럼 보이는 소년이 말했다. "엄마, 올해도 '북해정' 우동을 먹을 수 있어 참 좋지요?" "그래, 내년에도 올 수 있다면 좋겠는데……." 소년들의 엄마가 답했다.

　다시 한 해가 흘렀고, 밤 10시경, 주인 부부는 메뉴판을 고쳐 놓기에 바빴다. 올해 그들은 우동 한 그릇 값을 200엔으로 올렸으나 다시 150엔으로 바꾸어놓는 것이었다. 주인장은 아홉 시 반부터 '예약석'이라는 종이 푯말을 2번 테이블에 올려놓았고, 안주인은 그 이유를 잘 알고 있었다.

　10시 30분경 그들이 예상했던 대로 세 모자가 들어왔다. 두 아이는 몰라보게 커서 큰 소년은 중학교 교복을 입고 있었고 동생은 작년에 형이 입고 있던 점퍼를 입고 있었다. 어머니는 여전히 같은 재킷을 입고 있었다.

　"우동을 2인분만 시켜도 될까요?"

　"물론이지요, 자 이리 오세요."

　부인은 '예약석'이라는 종이 푯말을 치우고 2번 탁자로 안내했다.

　"우동 2인분이요!" 부인이 부엌 쪽에 대고 외치자 주인은 재빨리 3인분을 집어넣었다. 그리고 부부는 부엌에서 올해의 마지막 손님인 이 세 모자가 나누는 이야기를 들을 수 있었다.

　"현아, 그리고 준아." 어머니가 말했다. "너희에게 고맙구나. 네 아버지가 사고로 돌아가신 이후 졌던 빚을 이제 다 갚았단다. 현이 네가 신문 배달을 해서 도와주었고, 준이가 살림을 도맡아 해서 내가 일을 열심히 할 수 있었지."

"엄마 너무 다행이에요. 그리고 저도 엄마에게 할 말이 있어요. 지난주 준이가 쓴 글이 상을 받았어요. 제목은 '우동 한 그릇'이에요. 준이는 우리 가족에 대해 썼어요. 12월 31일에 우리 식구가 모두 함께 먹는 우동이 이 세상에서 제일 맛있는 음식이고, 그리고 주인 아저씨랑 아주머니가 '새해 복 많이 받으세요' 하는 소리는 꼭 '힘내요, 잘할 수 있을 거예요'라고 들렸다고요. 그래서 자기도 그렇게 손님에게 힘을 주는 음식점 주인이 되고 싶다고요."

부엌에서 주인 부부는 눈물을 훔치고 있었다.

다음 해에도 북해정 2번 탁자 위에는 '예약석'이라는 푯말이 서 있었다. 그러나 세 모자는 오지 않았고, 다음 해에도 그리고 그다음 해에도 오지 않았다. 그동안 북해정은 나날이 번창해서 내부 수리를 하면서 테이블도 모두 바꾸었으나 주인은 2번 테이블만은 그대로 두었다. 새 테이블들 사이에 있는 낡은 테이블은 곧 고객들의 눈길을 끌었고, 주인은 그 탁자의 역사를 설명하며 언젠가 그 세 모자가 다시 오면 같은 테이블에서 식사를 할 수 있게 해주고 싶다고 했다. 곧 2번 탁자는 '행운의 탁자'로 불렸고, 젊은 연인들은 일부러 멀리서 찾아와서 그 탁자에서 식사했다.

십수 년이 흐르고 다시 섣달 그믐날이 되었다. 그날 인근 주변 상가의 상인들이 북해정에서 망년회를 하고 있었다. 2번 탁자는 그대로 빈 채였다. 10시 30분경, 문이 열리고 정장을 한 청년 두 명이 들어왔다.

주인장이 "죄송합니다만……"이라고 말하려는데 젊은이들 뒤에서 나이 든 아주머니가 깊숙이 허리 굽혀 인사하며 말했다.

"우동 3인분을 시킬 수 있을까요?"

주인장은 순간 숨을 멈추었다. 오래전 남루한 차림의 세 모자의 얼굴이 그들 위로 겹쳤다. 청년 하나가 앞으로 나서며 말했다.

"14년 전 저희는 우동 1인분을 시켜 먹기 위해 여기 왔었지요. 1년의 마지막 날 먹는 맛있는 우동 한 그릇은 우리 가족에게 큰 희망과 행복이었습니다. 그 이후 외갓집 동네로 이사를 가서 한동안 못 왔습니다. 지난해 저는 의사 시험에 합격했고 동생은 은행에서 일하고 있지요. 올해 저희 세 식구는 저희 일생에 가장 사치스러운 일을 하기로 했죠. 북해정에서 우동 3인분을 시키는 일 말입니다."

주인장과 안주인이 눈물을 닦자, 주변의 사람들이 말했다.

"뭘 하고 있나? 저 테이블은 이 분들을 위해 예약되어 있는 거잖아."

안주인이 "이리 오세요, 우동 3인분이요!" 하고 소리치자 주인장은 "우동 3인분이요!" 하고 답하며 부엌으로 향했다.

꽤 오래전에 읽었지만 아직도 내가 이 이야기를 기억하는 이유는 아름다운 귀결, 해피 엔딩이 썩 마음에 들었기 때문이다. 그러나 소설은 어디까지나 소설일 뿐, 현실에서도 이런 해피 엔딩이 가능할까. 아마 우동집 주인은 문 닫는 시간에 들어와 겨우 한 그릇을 시키는 가난한 세 모자를 구박했을 것이고, 어머니는 죽도록 일을 해도 빚을 다 갚지 못했을 것이고 아들들은 의사, 은행원이 되기 전에 비행 청소년이 되었을 것이다.

아니, 그건 그냥 내 노파심인지도 모른다. 이 세상에 북해정 주인과 같이 맘씨 좋은 사람들이 많다면 명훈이네 세 모자도 지금 어디선가 잘 지내고 있을지도 모른다. 그래서 나는 간절히 바라본다. 먼 훗날 어디에선가 우연히 그들을 다시 만난다면《우동 한 그릇》속의 세 모자 이야기가 단지 소설 속의 허구만은 아니었다는 걸 깨닫게 되기를…….

진정한 위대함

20세기 미국 문학 시간에 단골로 읽히는 소설 중 학생들에게 제일 인기 있는 작품은 단연 F. 스콧 피츠제럴드Francis Scott Fitzgerald, 1896~1940의《위대한 개츠비The Great Gatsby, 1925》이다. 주제가 무겁지 않고 영어 문체가 비교적 쉬운 데다가, 무엇보다 학생들이 좋아하는 '연애' 이야기이기 때문이다.

이 작품을 읽기 전에 나는 학생들에게 제목 속에 있는 '위대한'이라는 말에 대해 생각해 보게 한다.

학생들이 생각하는 '위대함'은 인간의 어떤 속성을 말하는가? 즉 그들이 생각하는 '위대한 사람'은 어떤 사람인가? 이에 대해 학생들은 '자기를 희생하여 남에게 봉사하는 사람', '진정 자신이 하고 싶은 일을 할 수 있는 용기를 지닌 사람', '부·명예·권력에 개의치 않고 이 세상을 더 좋게 만드는 사람' 등 많은 의견을 내놓는다. 그런 위대함이 이 세상에 존재한다고 생각하는가? 이에 학생들은 서슴없이 '물론'이라고 답한다.

그렇다면 작가 피츠제럴드가 생각하는 개츠비의 '위대함'은 무엇일까?

작품의 화자 닉은 중서부에서 뉴욕으로 와, 롱아일랜드 교외에 자그마한 집을 빌려 그곳에서 산다. 그의 이웃에는 거부巨富라는 것 외에는 별로 알려진 바가 없는 개츠비의 저택이 있고, 그곳에서는 주말마다 성대한 파티가 열린다. 가난한 어린 시절을 보냈던 개츠비는 군대 시절에 만났던 부잣집 딸 데이지와 결혼을 약속하나, 그가 떠나간 동안에 그녀는 톰 뷰캐넌이라는 재벌과 결혼한다. 개츠비는 수단과 방법을 가리지 않고 (책에 확실히 설명되어 있지는 않지만 아마도 밀주업으로) 돈을 벌어 큰 부자가 되어, 그녀의 집 가까이에 저택을 사들이고는 주말마다 파티를 열고 언젠가 데이지가 와서 다시 만나게 될 것을 꿈꾼다.

개츠비는 자신의 이웃인 닉이 데이지와 6촌 관계라는 걸 알고 닉에게 데이지와의 재회를 주선해 주도록 부탁한다. 5년 만에 데이지를 만난 개츠비는 그녀가 이제는 부자가 된 자신에게 돌아올 것에 대해 추호의 의심도 없다. 결혼 생활에 무료함을 느낀 데이지도 개츠비의 출현을 환영한다. 개츠비와 톰의 갈등이 심화되면서 데이지는 개츠비의 차를 운전하다가 톰의 정부情婦를 치어 죽이고 달아난다. 개츠비가 차를 몰았다고 생각한 그 여자의 남편은 개츠비를 찾아가 사살한다.

데이지는 마치 아무 일도 없었다는 듯, 남편과 여행을 떠난다. 성황을 이루었던 개츠비의 파티와 달리 그의 장례식에는 닉 외에 겨우 한 명의 손님만이 참석한다. 닉은 도덕성이 결여된 도시 생활에 환멸을 느끼고 다시 중서부의 고향으로 돌아간다.

사랑받을 자격이 없는 여자를 사랑한 개츠비의 삶은 결국 가엾고 허무한 것이었다. 그러나 줄거리만 봐도 알 수 있듯이 우리 학생들이 생각하는 '위대한' 속성을 개츠비에게서 찾아볼 수는 없다. 그는 결국 돈 때문에 떠나간 사랑을 돈으로 찾겠다는 단세포적 발상으로 수단과 방법을 가리지 않고 불법으로 재산을 축적한 불법 축재자였으며, 이미 흘러간 과거를 되돌이킬 수 있다고 생각한 비현실적 몽상가였고, 사랑의 대상을 제대로 파악하지 못한 유아적 낭만주의가였을 뿐, 결코 '위대하다'고 할 수 없다.

그러나 피츠제럴드는 책의 첫 부분에서 개츠비에게 '위대한'이란 수식어를 갖다 붙인 이유를 분명히 밝힌다. 그것은 바로 개츠비가 암담한 현실 속에서 "아무리 미미해도 삶 속의 희망을 감지할 수 있는 능력", "사랑에 실패해도 다시 사랑하기를 두려워하지 않는 능력", 즉 언제라도 사랑에 빠질 수 있는 준비가 되어 있는 '낭만적 준비성', 그리고 "삶의 경이로움을 느낄 줄 아는 능력"을 가지고 있기 때문이라고 설명하고 있다.

1920년대 혼돈의 시대, 미래에 대한 이상을 찾는 '아메리칸 드림'이 순순함과 낭만을 잃어버리고 물질 만능주의와 퇴폐주의로 타락해 가는 시대에 피츠제럴드는 개츠비의 꿈과 희망을 하나의 '위대함'으로 보았던 것이다.

그리고 80여 년이 흘렀지만 변한 것은 없다. 아니, 변하기는 커녕 이리저리 삶의 횡포에 차이고 휘둘리면서 우리는 더 이상 낭만을 얘기조차 하지 않는다. 또한 개츠비의 순진무구한 꿈에 '위대한'이라는 형용사를 붙일 사람은 이제 없을지도 모른다.

그러나 젊고 순수한 우리 학생들은 여전히 이 시대를 살아가는 '위대함'을 꿈꾼다. '돈과 권력, 영웅심에 연연하지 않고 이 세상을 더 좋게 만드는' 그런 위대함을. 그리고 나는 그들의 그런 굳건한 믿음과 희망이야말로 진정 위대하다고 믿는다.

사랑과 생명

　어느 학생이 제출한 공책 앞면에 '사랑은 미안하다는 말을 하지 않는 것Love means never having to say you're sorry'이라는 영문이 인쇄되어 있었다. 에릭 시걸Erich Segal의 《러브 스토리》에 나오는 말로서, 아마 사랑에 관한 정의 중 가장 자주 인용되는 말일 것이다. 주인공 제니퍼가 동거하는 애인 올리버와 말다툼을 하고 집을 나갔다 돌아오니 열쇠가 없어서 집에 못 들어간다. 제니퍼를 찾아 헤매다가 돌아온 올리버가 현관 앞에 앉아 울고 있는 제니퍼를 발견하고 미안하다고 사과하자 제니퍼가 하는 말이다.

오래전 그 책을 읽었을 때, 그리고 지금까지도 나는 그 말이 영 마음에 들지 않는다. 나는 오히려 사랑은 미안하다는 말을 하는 것이라고 생각한다. 아니, 진정 사랑한다면 미안해하는 마음은 부수적으로 따라오는 건지도 모른다.

대재벌 총수가 유서 세 통 달랑 남겨놓고 스스로 목숨을 끊을 때 대북 사업을 계속해 달라, 내 유분遺粉을 금강산에 뿌려달라는 사뭇 사무적인 메시지, 그리고 "당신 윙크하는 버릇 고치시오"라는 허탈한 농담 외에 남긴 가장 슬픈 메시지는 아들에게 남긴 "너하고 사랑을 많이 나누지 못한 것이 미안하다"라는 말이었다. 이 세상의 모든 것을 다 소유한 것 같던 사람이 죽으면서 가장 가슴 아파한 것은 결국 제대로 사랑하지 못했다는 회한이었다.

문학의 주제를 한마디로 축약한다면 '어떻게 사랑하며 사는가'에 귀착된다. 동서고금의 모든 작가들은 결국 이 한 가지 주제를 전하기 위해 글을 썼다고 해도 과언이 아니다. 수많은 작가들이 나름대로의 사랑론을 펴거나 작중 인물들을 통해 사랑에 관한 메시지를 전달하였는데, 그중에서 몇 가지 예를 들어본다.

∗ 사랑에는 두려움이 없다. 완벽한 사랑은 두려움을 쫓는다.

- 〈요한1서 4장 18절〉

∗ 삶의 무게와 고통에서 자유롭게 해주는 한마디의 말, 그것은
사랑이다.　　　　　　　　　　　　　- 소포클레스

∗ 사랑은 눈으로 보지 않고 마음으로 본다.　　- 셰익스피어

∗ 사랑 없는 삶, 사랑하는 사람들이 없는 삶은 그림자 쇼에 불
과하다.　　　　　　　　　　　　　　　- 괴테

∗ 제대로 사랑하기 위해서는 사랑을 보여주는 것이 중요하다.

- 도스토옙스키

∗ 삶에 있어 최상의 행복은 우리가 사랑받고 있다는 확신이다.

- 빅토르 위고

∗ 죽음보다 더 강한 것은 이성이 아니라 사랑이다.　- 토마스 만

∗ 사랑에는 늘 약간의 광기가 있다. 그러나 광기에는 늘 약간
의 이성이 존재한다.　　　　　　　　　　- 니체

∗ 사랑은 마주보는 것이 아니라 함께 같은 방향을 보는 것이다.

- 생텍쥐페리

∗ 누군가를 사랑한다는 것은 우리의 인생 과업 중에 가장 어려운
마지막 시험이다. 다른 모든 일은 그 준비 작업에 불과하다.

- 라이너 마리아 릴케

* 사랑으로 얻는 고통은 자기 스스로만 고칠 수 있다.

  - 마르셀 프루스트

* 죽은 자들이 누릴 수 있는 것은 영원한 명성뿐이지만, 살아 있는 사람은 영원한 사랑을 누릴 수 있다.   - 타고르

* 사랑을 치유하기 위한 유일한 방법은 더 많이 사랑하는 것이다.   - 헨리 데이비드 소로

* 성숙하지 못한 사랑은 "내가 당신을 필요로 해서 당신을 사랑합니다"라고 말하지만, 성숙한 사랑은 "내가 당신을 사랑해서 당신을 필요로 합니다"라고 말한다.   - 에리히 프롬

구구절절이 다 옳은 말들이지만, 뭐니 뭐니 해도 내가 이제껏 본 사랑에 관한 말 중 압권은 〈논어(12권 10장)〉에 나오는 "애지 욕기생愛之, 欲其生", 즉 "누군가를 사랑한다는 것은 그 사람이 살게끔 하는 것이다"라는 말이다. 겉으로 보기에 단순하지만 사랑의 모든 것을 품고 있는 말이다.

여기서 '산다'는 것은 물론 사람답게 제대로 평화와 행복을 누리는 삶을 의미하지만, 생명을 지키는 것과도 무관하지 않다. 사랑하는 일은 남의 생명을 지켜주는 일이고, 그리고 사랑하는 사람들을 위해 내 생명을 지키는 일이 기본 조건이다. 사

는 게 힘들다고, 왜 날 못살게 구느냐고 그렇게 보란 듯이 죽어
버리면, 생명을 지켜주지 못한 채 남아 있는 사람들이 사랑할
몫도 조금씩 앗아가는 것이다.

Vincent Van Gogh, *Still Life with Plaster Statuette, a Rose and Two Novels*, 1887

어느 수인囚人과 에밀리 디킨슨

사랑은 ─ 생명 이전이고

죽음 ─ 이후이며 ─

천지창조의 시작이고

지구의 해석자

시詩라기보다는 마치 경구와 같이 짧은 이 시는 영미 문학을 통해 가장 위대한 여류 시인으로 평가되는 에밀리 디킨슨Emily Dickinson, 1830~1886의 작품이다. 미국 문학 전공자들에게도 잘 알려지지 않은 시인데, 놀랍게도 청송 감옥에 있는 어느 수인

囚人이 내게 보낸 편지에 이 시를 인용하고 있었다. 24세 때 감옥에 들어와 12년째 복역하고 있다는 그는 검열 도장이 찍힌 편지에서 영한사전을 보내달라는 부탁과 함께 어디선가 이 시를 보고 가슴에 와닿아 노트마다 적어놓았다고 했다. 그러면서 "이런 시를 쓴 에밀리 디킨슨이라는 시인에 대해 말씀해 주시면 제 마음에 큰 양식이 되고 기쁨이 되겠습니다. 그녀가 어떤 삶을 살다 갔는지……"라고 쓰고 있었다.

사랑이야말로 '천지창조의 시작'이며 '지구의 해석자'라고 정의한 에밀리 디킨슨의 삶은 역설적으로 매우 평범하면서도 특이한 것이었다. 1830년에 매사추세츠주의 애머스트에서 태어나 1886년 5월, 55년 5개월 5일을 살고 나서 죽을 때까지, 표면적으로 아무런 극적 사건도 없이 평범했지만, 내면적으로는 골수까지 파고드는 강렬하고 열정적인 삶이었다.

에밀리의 할아버지는 애머스트 대학을 건립한 지방 유지였고 아버지는 변호사로서 엄격한 청교도인이었는데, 그녀가 일생을 통해 보여준 제도적인 종교에 대한 회의는 이러한 아버지에 대한 반발이었다고 보는 이도 있다. 선교사의 신붓감을 양성하는 특수 목적의 여자전문학교에 진학했지만, 1년도 채 못돼 종교적인 형식의 강요에 환멸을 느껴 집으로 돌아온 이후,

그녀는 일생을 독신으로 살면서 한 번도 애머스트를 떠나지 않은 것은 물론, 자기 집 대문 밖에도 나가지 않았다고 전해진다.

이웃에 있었던 오빠의 집에조차 가지 않았고, 그녀가 각별히 사랑했던 조카들도 고모를 만나 보려면 그녀의 방이 있는 2층 창에 신호를 보내 "다른 사람이 안 보는 데서 너를 보고 싶다"는 승낙을 받아야 했다. 조카들을 위해 과자를 구우면 접시를 끈에 매달아 창밖 아래로 내려뜨려 줄 정도로 그녀의 은둔 생활은 철두철미했다.

에밀리 디킨슨의 생애에서 가장 유명한 에피소드는 그녀의 이러한 철저한 칩거 생활과 30대 후반부터 죽는 날까지 고수했던 흰색 옷이다. 이러한 고립 생활과 흰 옷에 대해 전기 작가들은 아마도 디킨슨이 몇 번에 걸쳐 열렬한 사랑에 빠졌고, 그런 사랑의 경험에서 비롯된 것으로 추측하고 있다. 그러나 재미있는 것은 그녀가 그토록 절실하게 사랑했던 대상이 누구였는지는 아직도 밝혀지지 않고 있다는 점이다. 물론 몇몇 후보자들이 있긴 하지만 그녀는 후세 사람들이 자신의 사랑을 속속들이 파헤칠 것을 알았다는 듯, 아무런 증거도 남겨놓지 않았다.

연대 미상의 시에서 그녀는 "내 생명이 끝나기 전에 나는 두

번 죽었습니다"라고 함으로써 사랑하는 사람과 이별하는 죽음
과도 같은 고통을 두 번 겪은 것으로 쓰고 있는데, 어쩌면 그녀
의 흰 옷은 육체의 죽음을 의미하는 수의와 사랑하는 이와의
영적 결합을 의미하는 순결한 웨딩드레스의 의미를 동시에 갖
고 있었는지 모른다.

사랑은 하나의 완전한 고통입니다
무엇으로도 그 아픔을 견뎌낼 수 없습니다
고통은 오랫동안 남습니다
가치 있는 고통은 쉽게 사그러들지 않는 법이니까요.

에밀리 디킨슨에게 사랑은 마치 종교와도 같은 것이었다.
1862년 그녀는 가깝게 지냈던 홀랜드 부인에게 보낸 편지에서
"나의 사업은 사랑하는 것입니다"라고 말하며 "나는 천상의 왕
으로 불리느니 차라리 사랑받는 쪽을 택하겠습니다"라고 덧붙
이고 있다. 이렇듯 지상의 사랑을 참된 신앙으로 보는 이상주
의는 애당초 고통을 수반하게 마련이었는지도 모른다. 그녀의
사랑은 언제나 이별의 슬픔과 기다림의 갈증을 견뎌내야 하는
아픈 경험이었기 때문이다. 하지만, 그 필연적 고통은 그녀로

하여금 시인으로 새로 태어나고, 시의 세계에서 삶의 궁극적인 의미와 비상구를 찾게 했다.

디킨슨은 19세기 당시에는 전혀 시인으로 알려져 있지 않았다. 그녀 생전에는 그녀를 어렵게 설득하여서, 또는 그녀 몰래 서너 편의 시가 발표되었을 뿐, 몇몇 가까운 친척들을 제외하고는 그녀가 시를 쓴다는 사실조차 모르고 있었다. 그러나 그녀가 죽은 후에 그녀의 서랍장에는 약 2천여 편의 시가 차곡차곡 챙겨져 있었다.

디킨슨의 시에는 제목이 없다. (그래서 보통 시의 첫 행을 제목 대신 사용하는 예가 많다.) 아주 짧고 압축적이고 전통적인 시형을 무시하는 그녀의 시들은 난해해서 때로는 마치 풀 수 없는 암호문과 같다. 게으른 나는 그래서 암호문을 푸는 것처럼 분석하며 읽는 시보다 그녀의 '쉬운' 시들을 좋아한다. 내가 내 홈페이지 대문에 적어놓은 다음 시는 그녀의 그런 시들 중 하나이다.

내가 만약 누군가의 마음의 상처를
막을 수 있다면 헛되이 사는 것 아니리
내가 만약 한 생명의 고통을 덜어주고

기진맥진해서 떨어지는 울새 한 마리를

다시 둥지에 올려놓을 수 있다면

내 헛되이 사는 것 아니리.

가난한 집 제삿날 돌아오듯 걸핏하면 오는 원고 마감일이 부담스럽고 없는 재주로 원고지 10여 장을 메우는 게 여간 힘들지 않지만, 나도 감히 에밀리 디킨슨을 흉내 내어 말해본다.

"만약에 이 글이 감옥에서도 노트마다 '사랑은 — 천지창조의 시작이고 — '를 적어놓은 그 누군가에게 정말 마음의 양식이 되고 기쁨이 될 수 있다면 내 어쭙잖은 노력이 헛되지 않으리라."

셜록 홈스와 왓슨 박사

조교와 함께 연구실을 정리하고 있는데 노크 소리가 났다. 조금 남루한 차림새의 여자가 들어오더니 노트를 내밀었다. 노트에는 "저는 청각장애인입니다. 최근에 일자리를 잃었고 아이가 백혈병에 걸려 너무 어려워……" 등등이 적혀 있었다. 만 원짜리 하나를 꺼내 주니 공손히 인사를 하고 나갔다. 여자가 나가자마자 조교가 말했다.

"선생님, 저 사람 청각장애인 아니에요. 사칭하는 거예요."

"네가 어떻게 알아?"

"요새 저런 사람이 많아서 일부러 열쇠를 떨어뜨려 봤더니

눈동자가 잠깐 제 쪽으로 움직였어요. 선생님도 참, 헛똑똑이시네."

"셜록 홈스가 따로 없네." 나는 조교의 명민함에 감탄하지 않을 수 없었다.

명탐정 셜록 홈스 — 어렸을 때 한두 번쯤 그 가공할 만한 추리력에 감탄해 탐정이 되는 것을 꿈꾸어 보지 않은 사람은 없을 것이다. 유명한 베이커가街 221B번지, 깡마른 체격, 승마 모자, 파이프, 친구이자 조수 격인 왓슨 박사 등등은 아직도 생각나는 홈스에 관련된 사항들이다.

셜록 홈스는 안과 의사였던 아서 코넌 도일Arthur Conan Doyle, 1859~1930이 개업을 해도 환자가 없어서 호구지책으로 일련의 추리소설을 쓰면서 창조해 낸 가상 인물이다. 〈빨간 머리 연맹〉, 〈바스커빌가의 개〉, 〈여섯 개의 나폴레옹 상〉 등 지금은 추리소설의 고전이 된 작품들을 쓰면서 코넌 도일은 탐정소설을 단순히 범죄소설에서 하나의 장르로 발전시킨 주인공이다. 당시 홈스의 인기는 대단해서 1893년 〈마지막 사건〉에서 홈스가 숙적 모리아티 교수와 대결하다가 폭포에 떨어져 죽자 독자들은 출판사에 항의 전화는 물론, 홈스의 죽음을 애도하는 상장을 가슴에 달고 다니기도 했다(후에 독자들의 요청에 못 이겨《셜록 홈스의 귀환, 1905》에서 부활시켰다).

홈스는 코넌 도일이 공부했던 에든버러 의과대학의 외과 담당 교수 조지프 벨을 모델로 했다고 한다. 그는 환자가 진찰실에 들어와서 입을 열기도 전에 어떤 병이라는 걸 짐작할 뿐만 아니라 환자의 증상에서 이제껏의 생활 습관까지도 학생들 앞에서 맞혀 보이곤 했다. 벨 교수는 환자가 들어오면 추상적 이론이나 현학적 지식을 사용하지 말고 "눈과 귀와 손과 머리를 직접 써야 한다"고 가르쳤고, 이는 그대로 홈스의 수사 원칙이 되었다.

그렇지만 사실 홈스의 기발한 사건 해결력은 기록자인 왓슨 박사 때문에 더욱 빛난다. 성실하고 사람 좋지만 '박사'라는 칭호가 민망할 정도로 늘 어쭙잖은 추리력으로 홈스를 흉내 내다가 홈스의 '똑똑함'에 밀리고 마는 왓슨은 간혹 조롱의 대상이 되기도 한다. 얼마 전 '영국 과학발전협회'는 인터넷 투표로 세계에서 가장 재미있는 유머로 다음 이야기를 뽑았다.

명탐정 셜록 홈스와 닥터 왓슨이 캠핑 여행을 갔다. 저녁 식사를 마치고 그들은 함께 누워 잠을 잤다. 얼마 후 홈스가 갑자기 왓슨 박사를 깨웠다.

"왓슨, 하늘을 보고 뭘 알 수 있는지 말해주게."

왓슨은 잠간 생각하더니 말했다.

"수백만 개의 별이 있다는 사실을 알 수 있지."

"그것은 무엇을 의미하나?"

"천문학적으로 은하계가 수백만 개 있으며 항성이 수십 억이 있다는 것, 측시학적으로는 시간이 새벽 3시쯤 되었다는 것, 신학적으로 신은 전능하고 인간은 미미한 존재라는 것, 기후학적으로는 내일 날씨가 청명하리라는 것. 자네는 무슨 사실을 알 수 있는가?"

한동안 말이 없던 홈스가 이윽고 말을 꺼냈다.

"누군가 우리 텐트를 훔쳐 갔다는 걸 알 수 있네."

〈춤추는 인형〉에서 홈스는 난해한 그림의 암호를 풀고 나서 "사람이 발명한 것은 사람이 풀어 해결할 수 있다"고 말한다.

그렇지만 나는 살면 살수록 사람이 발명한 것을 사람이 풀 수 없는 경우를 허다하게 본다. 또 하나 그런 경우를 오늘 만원 과외료를 내고 배운 셈이다.

그러나 사랑은 남는 것

"여러분은 남에게 이로운 말을 하여 도움을 주고 듣는 사람에게 기쁨을 주는 말을 하십시오."〈에베소서 4장 29절〉

수업 준비 때문에 성경을 들추다가 우연히 눈에 들어온 말이다. '이로운 말, 듣는 이에게 기쁨을 주는 말'— 내가 하는 수많은 말 중에 어느 정도가 그런 말에 속하는지 생각해 볼 일이다. 주변에서도 어디를 가나 함부로 생각 없이 내뱉는 말, 누구에겐가 아부하려고 하는 말, 천박한 말, 자극적인 말, 폭력적인 말, 남을 모함하고 해코지하려는 말이 난무한다. 피가 되고 살이 되는 말은커녕 들어서 불쾌한 말, 의심이 가는 말, 입에 발린 말, 말도 안 되는 말만 자꾸 들린다.

하지만 남 탓할 것 하나 없다. 매일 살아가면서 무심히 내가 한 말이 남의 마음에 비수가 되어 꽂히기도 하고, 쓸데없는 말, 해서는 안 될 말을 해놓고 두고두고 후회하기도 한다.

간혹 이제 내 삶이 다 하고 지금 내가 하는 말이 내 생애 마지막 말, 즉 나의 유언이 된다면 어떤 말을 할까 생각해 본다. 모르긴 몰라도 고르고 골라 좋은 말, 예쁜 말, 유익한 말, 누군가의 마음에 깊이 남을 수 있는 말을 하려고 노력할 것이다.

말을 통한 자기표현을 업으로 하는 작가들의 유언은 무얼까, 문득 궁금해져서 일부러 찾아본 적이 있다. 의식적으로 준비해 두었다가 한 말인지 아니면 어쩌다가 마지막 말이 되었는지, 게다가 정말 그것이 마지막 말이었는지, 여러 가지 의구심이 생기지만 그래도 통설로 알려진 바로 몇 개의 유명한 유언이 있다. 예컨대《톰 아저씨의 오두막》을 써서 인간애를 주창한 해리엇 비처 스토 부인은 자신을 돌봐주는 간호사들에게 "사랑합니다"라는 마지막 말을 남겼다.《빨간 무공훈장》을 쓴 스티븐 크레인은 자기 죽음의 순간을 마치 중계방송하듯이 다음과 같이 설명한다.

"우리 모두 언젠가는 넘게 마련인 경계선에 도달했을 때, 생각만큼 끔찍하지 않다. 좀 졸리고, 그리고 모든 게 무관심해진다. 그냥 내가 지금 삶과 죽음 중 어느 세계에 있는가에 대한 몽롱한 의구심과 걱정, 그것뿐이다."

19세기 미국 시인 에밀리 디킨슨은 "지금 들어가야겠다. 안개가 피어오르고 있다"고 말했고, 마찬가지로 19세기 미국 작가 헨리 데이비드 소로는 임종 시 이모가 "죽기 전에 하느님과 화해해라"라고 말하자 "내가 언제 하느님과 싸웠는데?" 하고 반문했다. 작가들의 유언 중 가장 유명한 말은 괴테의 "좀 더 빛을"이라는 말일 것이다.

작가 자신들의 유언은 그렇다 치고, 영미 문학작품 속에서 가장 유명한 유언은 적어도 내가 알기로는 조지프 콘래드의 《암흑의 오지》에 나오는 커츠가 한 말이다. 원주민을 계몽하고 문명을 전한다는 위대한 명분을 갖고 '암흑의 오지' 콩고로 간 커츠는 결국 상아와 권력의 유혹에 빠져 타락하고, 인간 속에 내재해 있는 탐욕과 위선에 대해 "끔찍하다, 끔찍해horror, horror"라는 말을 남기고 죽는다.

하지만 내가 개인적으로 제일 좋아하는 작중 인물의 유언은 헨리 제임스Henry James, 1843~1916의 《여인의 초상The Portrait of a Lady, 1881》에 나온다.

생기발랄한 22세의 미국 처녀 이저벨 아처는 부모가 죽고 난 후, 런던에 사는 친척 터쳇 씨 집에서 살게 된다. 터쳇의 아들 랠프는 병약한 몸으로 이미 죽음을 예기하고 있지만, 이저벨에게 깊은 관심을 가진다. 이지적이면서도 상상력이 넘치는 그녀가 좀 더 자유로운 삶을 살게 하기 위해 그는 자기가 상속받을 유산의 절반을 준다. 이저벨은 미국의 실업가인 굿우드와 영국 귀족 워버튼 경의 구혼을 거절하고 이탈리아에서 자유롭게 예술적 삶을 즐기는 오즈먼드와 결혼한다.

그러나 이저벨은 곧 자신의 결혼이 중매인 멀 부인과 오즈먼드가 돈을 노리고 꾸민 책략임을 알게 되고, 불행한 결혼 생활을 하게 된다. 랠프의 임종을 지키기 위해 영국으로 온 그녀는 다시 오즈먼드에게로 돌아가지 말라는 랠프의 권유도, 다시 구혼하는 굿우드도 뿌리치고 자신을 필요로 하는 의붓딸 팬지가 기다리고 있는 집으로 돌아간다.

낭만적이고 이상적인 삶을 꿈꾸던 이저벨은 결국 고통을 통해서 자신의 결정에 책임지고 사랑을 줄 줄 아는 성숙한 여인으로 성장한다. 그러나 랠프는 자신이 유산을 나누어 준 것이 화근이 되어 이저벨이 불행해진 데 대해 통한을 느낀다. 죽어 가는 그에게서 진정한 사랑을 느끼고 그를 위해 대신 죽을 수 있다고 흐느끼는 이저벨에게 랠프는 말한다.

"이저벨, 삶이 더 좋은 거야. 왜냐하면 삶에는 사랑이 있기 때문에. 죽음은 좋은 거지만 사랑이 없어. 고통은 결국 사라져. 그러나 사랑은 남지. 그걸 모르고 왜 우리가 그렇게 고통스럽게 살아가야 하는지 모르겠다. 삶에는 너무나 많은 것이 있고, 그리고 너는 아직 젊어……."

'너무나 많은 것이 있는' 삶, 사랑이 있는 삶을 나는 매일 쓸데없는 말, 마음이 담기지 않은 말, 진실이 아닌 말로 낭비하고 있는 것은 아닌지. 아무리 큰 고통이라 할지라도 고통은 결국 사라지지만, 그러나 사랑은 남는 것…… 내가 사라져버린 후에도 이 지상에 남을 수 있는 사랑을 만들기 위해 오늘 무슨 말, 무슨 일을 할까.

시와 사랑의 강江

오늘 신문을 보니 일본에서는 사람과 거의 똑같이 움직일 수 있을 뿐만 아니라 감정 표현까지 할 수 있는 로봇이 실용화 단계에 이르렀다는 기사가 있었다. 우리나라도 뒤질세라 로봇 개발에 박차를 가하고 있지만 우리의 로봇 공학은 일본에 비해 뒤져 있다면서, 우리처럼 이공계 기피 현상이 심각한 현실에서는 인문계보다 이공계로 우수한 인재를 유도하기 위한 대책이 필요하다는, 조금 엉뚱한 결론을 내리고 있었다.

마치 인문계와 이공계가 대결 판국에 있는 것처럼 말하고 있는 것이다. 문득 지난 입시 전형 면접 때 만난 한 여학생이 기억났다. 영어 문제 중 하나가 기계문명의 발달과 인간과의 관계에 관한 것이었다. "인간의 역사에서 기계문명이 지대한 공헌을 했으나 현재에는 오히려 인간이 기계문명에 종속되어 있다"는 논지였다. 밖에서 10분 동안 지문을 읽은 학생들은 면접실로 들어와 교수들의 질문에 답하게끔 되어 있었다.

대부분의 학생들이 영문의 주제 파악이나 해석에 관한 질문에 별 어려움 없이 잘 대답했다. 그러자 옆의 선생님이 문득 어느 여학생에게 질문하셨다. "이렇게 모든 것을 기계가 지배하는 세상에서 왜 문학을 하려고 하지? 과학과 문학이 공통점이 있다면 무엇일까?"

"기계도 결국은 사람이 만드는 것입니다." 여학생이 답했다. "기계를 만드는 사람도, 소설을 쓰는 사람도 결국 인간이기 때문에 공유하는 마음이 있고 물리적 가치를 떠나 영혼적 가치를 추구하고 싶은 욕망은 누구에게나 있습니다."

'면접용' 답치고는 참으로 멋진 답이었다. 조금 비약하자면, 그것은 우리가 흔히 시성詩聖이라고 부르는 타고르의 말과도 닮은 점이 있다. 타고르는 아인슈타인에 대해 언급하면서 "내게 있어 과학과 예술은 둘 다 인간의 생물학적 필요를 떠나 궁극적 가치를 지닌 우리의 영혼의 표현이다"라고 말한 바 있다. 서로 존경의 마음을 표하던 타고르와 아인슈타인은 1930년 여름 독일에서 만난다(이 두 사람의 대화는 에이브러햄 파이스가 1994년 펴낸《아인슈타인이 여기에 살았다Einstein Lived Here》라는 책 9장에 기록돼 있다). 아인슈타인의 인문학적 지식과 재능은 이미 잘 알려져 있지만 그가 "이제껏 내 길을 밝혀주고 내가 계속해서 삶을 기쁘게 대면할 수 있는 새로운 용기를 준 세 가지 이상은 친절과 아름다움과 진리였다"라고 한 말은 특히 유명하다.

그런데 더욱 인상 깊은 것은 두 사람이 만나기 전 아인슈타인이 타고르에 대해 쓴 글이다.

"타고르는 우리에게 살아 있는 영혼과 빛, 조화의 상징이다. 폭풍우 가운데에서 날아오르는 자유로운 새요, 에어리얼 요정이 금색 하프로 타는 영원의 노래다. 그러나 그의 예술은 인간의 불행이나 투쟁을 간과하지 않는다. 그는 이 세상의 '위대한 파수꾼'이다. 이제껏 인간이 성취하고 창조한 모든 것의 뿌리는 시와 사랑의 강 속에 있다."

'시와 사랑의 강'. 아인슈타인이 시인인지 물리학자인지 모를 정도의 문학적 표현이다. 하지만 지금은 21세기, 아침에 눈만 뜨면 세상이 달라지고 아인슈타인에게 새로운 용기를 준 세 가지 이상, '친절과 아름다움과 진리'도 점차 힘을 잃어간다.

그래서 우리는 너 나 할 것 없이 로봇같이 움직이고, 시와 사랑의 강은 자꾸 말라만 간다.

3

대지에 입 맞추고 끊임없는 열정으로 사랑하라.
환희의 눈물로 대지를 적시고 그 눈물을 사랑하라.
또 그 환희를 부끄러워하지 말고
그것을 귀중히 여기도록 하라.

- 도스토옙스키

Gustave Caillebotte, *The Yellow Fields at Gennevilliers*, 1884

멋진 신세계

나는 자타가 인정하는 병적인 기계치痴이다. 즉 기계에 관한 한 완벽하리만큼 무능하다는 말이다. 단순한 병따개나 연필깎이를 포함, 무엇이든 모종의 작동을 요하는 물건에 관한 한 나는 두려움을 넘어 내가 아무리 노력해도 닿을 수 없는 세계에 대한 경외심까지 느낀다. 그러니 하다못해 화장실의 물 내리는 일부터 자동차 안전벨트 매는 일, 비디오 켜는 일에도 나의 온갖 지력을 다 동원해야 한다.

내가 기계를 싫어하는 것처럼 기계도 나를 싫어한다. 멀쩡하게 돌아가던 기계도 내가 만지면 고장이 날뿐더러 휴대폰이나 오디오를 사도 꼭 하자품이 내게 걸린다. 그러니 요새처럼 모든 것이 기계로 작동되어야 인간다운 삶을 살 수 있는 세상에서 나의 생활이 얼마나 버겁고 불편한지 이루 말로 다 표현할 수 없다. 그나마 악전고투 끝에 작동법을 배워놓으면 순식간에 새로운 모델이 나와 다시 익숙해져야 하고, 날이 갈수록 꿈에도 상상하지 못했던 기상천외한 기계들이 쏟아져 나오니 이제는 아예 배우는 것조차 포기해 버렸다.

올더스 헉슬리Aldous Leonard Huxley, 1894~1963의 《멋진 신세계 Brave New World, 1932》는 공상과학소설의 백미로서 기계문명이 극도로 발달하여 과학이 모든 것을 지배하게 된 세계를 그린 반反유토피아적 풍자소설이다. 소설의 배경인 600년 후의 런던에서는 일부일처제가 사라지고, 아이들은 공장에서 인공수정으로 태어나 유리병 속에서 보육되며, 자신의 부모가 누구인지도 모른다. 그리고 지능의 우열만으로 지위가 결정된다. 각 개인은 과학적 장치에 의하여 할당된 역할을 자동적으로 수행하도록 프로그램되고, 고민이나 불안은 '소마'라는 신경안정제로 완벽하게 해소된다.

이러한 문명 세계에서 성장한 린다는 인디언 보호 지역에 놀러 갔다가 계곡에 추락해서 인디언들에게 구원을 받고 존을 출산하게 된다. 그러나 그녀는 남녀 간의 사랑이 존재하고, 일부 일처제를 따르고 출산, 갈등, 질병 등 온갖 이해할 수 없는 고통을 감수하고 살아가는 이 야만 사회의 생활 방식에 익숙하지 않아 비참한 삶을 산다.

그러다 린다와 아들 존은 구원을 받아 '멋진 신세계'인 문명 세계로 돌아가는데, '야만인' 존은, 육체적 행복이 완벽하게 보장되지만 인간의 감정과 정서 생활이 불가능한 이곳에 적응하지 못한다. 원시의 삶과 문명의 삶을 모두 경험한 존은 마침내 두 세계 사이에서 어느 것이 진정 가치 있는 인간의 삶인지를 진지하게 질문하다가 결국 자살하고 만다.

문명 세계에서 폭동을 유도한 존이 통치자 무스타파 몬드에게 불려 가서 하는 말이 인상적이다.

"하지만 전 편안한 것을 원치 않습니다. 저는 신神을 원합니다. 저는 시詩를 원하고, 현실적인 위험을 원하고, 자유를 원하고, 선善을 원합니다. 저는 죄악을 원합니다⋯⋯."

19세기의 저명한 생물학자이자 진화론의 거성 토머스 헉슬리의 손자이며 천재적 작가인 헉슬리는《멋진 신세계》에 관해 스스로 다음과 같이 평했다.

"이 책의 주제는 과학의 진보가 아니라 그것이 인간 개개인에게 미치는 영향에 관한 것이다. 물질의 과학화는 삶을 파괴하거나 복잡하고 불편하게 만드는 방법에 적용될 수 있다. 유토피아는 이미 오래전에 누군가가 상상했던 것보다 훨씬 더 우리에게 근접해 있다. 나는 이를 향후 600년이라는 미래에 투영시켰지만 그 공포는 1세기 안에 다가올 것 같다."

요즈음 나오는 여러 기계들, 인간보다 지능이 높다는 로봇, 우주 정복, 복제 인간에 관한 논란 등을 보면 1세기 안에 '멋진 신세계'가 오리라는 헉슬리의 예언은 맞아떨어질 전망이다. 그러나 셰익스피어의 〈템페스트〉 5막 1장에 나오는 '멋진 신세계'라는 말을 역설적으로 사용한 것처럼, 헉슬리가 생각한 미래는 나같이 완벽한 기계치이자 아직은 신과 시와 선을 믿는 '야만인'이 살기에는 적합하지 않은 것 같다. 그나마 일찍 태어나 '멋진 신세계'가 오기 전에 이 세상을 떠날 수 있는 게 천만다행이다.

둥근 보름달을 보고 옆에 있는 초등학교 3학년 조카에게 "저기 봐, 저 그림자는 토끼 두 마리가 절구에⋯⋯" 열심히 설명하는데 조카가 갑자기 말을 끊는다. "이모, 저 크레이터 말이야?" 그리고 이상한 눈으로 날 쳐다본다.

푸른 꽃

대학 다닐 때 나의 부전공은 독문학이었다. 딱히 독어를 잘했다거나 독문학에 관심이 많아서가 아니라 그저 달리 특별한 재주가 없으므로 고등학교 때 배운 독일어나 좀 더 익혀볼까 하는 심산에서 택한 공부였다. 그러나 돌이켜 보면 나는 대학 생활 내내 영문학 못지않게 독문학을 열심히 했고 또 내가 꽤 독어를 잘한다는 환상 속에 빠져 살았는데, 그것은 당시 독문과 교수이셨던 이유영 선생님 때문이었다.

키가 자그마하고 불그스레한 얼굴에 늘 웃음을 머금고 계셨던 선생님의 강의는 항상 열정으로 가득 차 있었다. 목소리가

100

우렁차고 백묵을 교탁에 짓이기면서 단어 하나하나에 힘을 주어 말씀하셔서 매시간 수업이 끝날 때쯤이면 교탁은 백묵 조각으로 수북했다. 그때 읽은 독문학 작품 중에 가장 내 기억에 남는 것은 노발리스Novalis, 1772~1801의 《푸른 꽃Die Blaue Blume, 1802》이다.

스무 살 청년 하인리히는 꿈에서 푸른 꽃을 본다. 그가 푸른 꽃에 다가서자 꽃은 상냥한 소녀의 얼굴로 변한다. 그 소녀를 동경한 나머지 하인리히는 먼 여행길을 떠난다. 마침내 아우크스부르크에서 할아버지의 친구이자 시인인 클링스오르를 만나고, 그의 딸 마틸데에게서 꿈에서 본 푸른 꽃의 모습을 찾는다. 그가 다시 꿈을 꾸는데, 나룻배에 앉아 노를 젓는 마틸데를 거대한 풍랑이 덮친다. 꿈은 현실이 되어 마틸데는 죽고, 마틸데에 관한 그의 사랑과 그녀의 죽음은 그를 시인으로 만드는 결정적인 체험이 된다.

그러나 대충의 줄거리 외에 내가 이 작품에 대해 아는 것은 별로 없다. 마치 안개 자욱한 꿈의 세계를 여행하듯 신비로운 푸른 꽃, 중세의 성곽들, 기사들, 간간이 삽입되는 동화들, 이상하고 기묘한 거울, 미래가 그려진 그림 등 단편적 이미지들만 기억할 뿐이다. 사실 이 정도나마 《푸른 꽃》을 기억하는 이유는 순전히 이유영 선생님 때문이다.

독일 낭만주의 수업 시간에 선생님은 칠판에 거대한 원을 그려놓고 《푸른 꽃》의 복잡다단한 상징체계를 설명하고 계셨다. 우리도 노트에 그림을 옮기느라 교실이 아주 조용했는데 누군가 뒤에서 길게 한숨짓는 소리가 들렸다.

그때 선생님은 갑자기 휙 돌아서시더니 소리치셨다.

"누구야, 지금 한숨 쉰 사람 누구냐고!"

떠들어도 별로 야단을 치지 않으셨던 선생님의 반응은 너무나 의외였다.

"지금 몇 살이야. 예순? 일흔? 한숨짓는 것은 포기하고 싶다는 거야. 한숨짓는 것은 싸움에 지는 거라고!" 선생님은 화난 어조로 계속 교탁에 백묵을 짓이기시면서 말씀하셨다. "포기하고 싶어? 그럼 아예 포기해. 지금!"

그러고 나서 선생님은 자신의 젊은 시절에 대해 말씀하셨고, 그날 우리는 선생님이 함경도가 고향이라는 것, 혼자 남쪽으로 오셔서 독학으로 대학을 나오고, 오스트리아로 유학 가실 때에는 학비에 보태려고 이발 기술을 배웠을 뿐 아니라 배를 타고 가면서 항구마다 내려 막노동으로 돈을 벌었다는 사실을 알게 되었다.

"너무나 여러 번 포기하고 싶었지만 나에겐 포기하는 것조차 사치였지. 그런데 내가 가르치는 젊은 사람들이 포기하는 것은 정말 보기 싫어."

그리고 선생님은 '푸른 꽃'은 낭만주의 작가들이 말하는 '무한한 동경'과 시, 사랑, 신앙이 완벽한 조화를 이루는 이상향의 상징이라면서 우화를 하나 말씀해 주셨다.

"늘 이상향을 동경하고 힘든 현실로부터 해방되기를 꿈꾸는 사람이 있었다. 그는 그 행복한 세계를 찾기 위해 길을 떠났다. 며칠 동안 여행을 하고 잠을 자는데, 장난꾸러기 요정이 몰래 그의 신발코를 반대 방향으로 돌려놓고, 그의 꿈속에 나타나 앞으로 계속 가면 네가 찾는 곳이 나온다고 말해주었다. 며칠 동안 여행을 한 그 사람은 드디어 자신이 동경하던 이상향을 찾고 행복하게 살았다. 그런데 사실 그가 이상향이라고 믿은 그곳은 자신이 떠나온 바로 그곳이었다. 그러므로 우리가 찾으려고만 하면 '푸른 꽃'은 바로 우리 곁에 있는지도 모른다. 그리고 나는 포기하지 않는 자만이 그것을 찾을 수 있다고 믿는다."

사람은 무조건 건강해야 한다고, 괴테가 위대한 작가가 된 이유 중 하나는 오래 살았기 때문이고, 당신도 일생의 프로젝

트로 '한·독문학 비교'를 10권까지 내시겠다던 선생님은 2권까지 쓰시고 내가 유학하고 돌아오기 바로 전해인 1984년 겨울, 심장마비로 51세의 나이에 돌아가셨다.

독일어를 접하지 않은 지 꽤 오랜 세월이 흘렀고, 나는 이제 선생님이 가르쳐주셨던 독일어는 겨우 인사말이나 할 정도이다. 그러나 나의 이상향, '푸른 꽃'을 찾는 삶의 여정이 녹록치만은 않아, 심신이 고달파 어느새 한숨이 나올 때마다 나는 이유영 선생님을 떠올린다.

Cuno Amiet, *Moonlit Landscape*, 1904

어느덧 물내린 가지 위에

"사람을 좋아하고 책을 즐기며 / 외길 걸어온 한 인생 / 發憤 忘食樂以忘憂(열심히 분발하니 먹는 것도 잊고 근심을 잊으니 즐겁 도다) / Fugit Inreparable Tempus(잃어버린 시간은 다시 돌아오지 않 는다) / 어느덧 물내린 가지 위에도 / 화사한 꽃, 열매 영글다."

이것은 어제가 아홉 번째 기일이었던 나의 아버지, 故 장왕록 박사의 묘비에 적힌 말이다. 아버지가 갑작스러운 사고로 떠나 가셨을 때 우리는 정말이지 너무나 황망했다. 통일이 되면 고 향에 묻히시겠다고 묘지를 준비하지 않으셨던 아버지를 아무 런 연고도 없는 천안에 모시고 생전에 못 한 효가 억울해 이 세상에서 제일 멋진 묘비문을 새겨드리고 싶었지만, 아버지의 문재文才를 물려받지 못한 자식들이 할 수 있는 일이라곤 아버지께서 환갑기념논문집에 직접 쓰셨던 글을 새기는 것뿐이었다.

외국 문학을 전공하는 사람들은 외국에 나갔을 때 자신이 전공하는 작가들의 묘지를 찾는 일이 많다. 아버지도 해외에 나가시면 늘 작가들의 묘지를 찾아 사진을 찍곤 하셨고, 지금도 아버지의 방에는 셰익스피어 묘비의 탁본이 걸려 있다("누구든 이 돌을 건드리지 않는 자는 축복받으리요 / 내 뼈를 옮기는 자는 저주받으리다"라고 적혀 있는데 셰익스피어의 글치고는 너무나 졸시라 실제로 그가 썼는지에 대해서는 논란이 있다).

비록 글쓰기를 업으로 하는 작가들일지라도 자신이 직접 묘비문을 써서 남기는 경우는 그리 많지 않다. 서머싯 몸은 신문사에 부탁해서 인쇄하기 전에 자신의 사망 기사를 교정했다고 한다(보고 난 후, "의미는 명확하나 내가 생각한 절반만큼도 따뜻하지 못한 부음 기사"라고 평했다). 작가 스스로가 쓴 묘비문으로 가장 유명한 것은《보물섬》의 작가 로버트 루이스 스티븐슨의 시다. 말년에 사모아섬에서 원주민들과 함께 미국과 유럽의 제국주의에 대항해 싸웠던 그가 죽자 원주민들은 베아산 기슭을 따라 길을 닦고 스티븐슨을 하늘 가까운 산마루에 안장했다. 그리고 묘비에 다음과 같은 그의 시를 새겼다.

"드넓은 별이 총총한 하늘 아래 / 무덤 하나 파고 나를 눕게 하소서 / 바다에서 고향 찾은 선원처럼, 산에서 고향 찾은 사냥꾼처럼."

우리나라에는 '괴상한 사람들'이라는 제목으로 번역되었던 《와인즈버그, 오하이호》의 작가 셔우드 앤더슨도 "죽음이 아니라 삶이야말로 위대한 모험이다"라는 말을 자신의 묘비문으로 남겼다.

문인들의 묘비는 사후에 그들이 생전에 남긴 작품에서 발췌해서 쓰는 경우가 많다. 예이츠의 묘비에는 "삶에, 그리고 죽음에 차가운 시선을 던지라 / 마부여 지나가라!"고 쓰여 있고, 에밀리 디킨슨의 묘비에는 아주 짧게 "돌아오라는 부름을 받다"라고 적혀 있다.

그런데 내가 개인적으로 가장 인상 깊게 읽은 묘비문은 언젠가 아버지가 쪽지에 적어놓으셨던 웨스트민스터 사원에 묻힌 어느 성공회 주교의 글이다.

"내가 젊고 자유로워서 무한한 상상력을 가졌을 때, 나는 세상을 변화시키겠다는 꿈을 가졌었다. 좀 더 나이가 들고 지혜를 얻었을 때 나는 세상이 변하지 않으리라는 걸 알았다. 그래서 나는 내가 살고 있는 나라를 변화시키겠다고 결심했다. 그러나 그것 역시 불가능한 일이었다. 황혼의 나이가 되었을 때는 마지막 시도로, 가장 가까운 내 가족을 변화시키겠다고 마음을 정했다.

그러나 아무도 달라지지 않았다. 이제 죽음을 맞이하는 자리에서 나는 깨닫는다. 만일 내가 나 자신을 먼저 변화시켰더라면, 그것을 보고 내 가족이 변화되었을 것을. 또한 그것에 용기를 얻어 내 나라를 더 좋은 곳으로 바꿀 수 있었을 것을. 누가 아는가, 그러면 세상까지도 변화되었을지!"

하지만 이 세상을, 이 나라를, 아니 가족조차 변화시키려는 야심이 없이 아버지는 늘 순수하게 '사람을 좋아하고 책을 즐기는' 학자의 외길 인생을 기쁘게 살다 가셨다.

어느덧 내 인생도 이제는 내리막길을 달리기 시작했는데, 아직도 미몽에서 못 깨어난 나는 아버지의 본을 받지 못한 채 오늘도 이런저런 부질없는 욕심으로 잠을 설친다.

Gustave Caillebotte, *Homme portant une blouse*, 1884

안과 밖

지난 학기 말이었다. 1층 강의실에서 수업을 하고 있는데 어떤 남자가 밖에서 유리창을 닦기 시작했다. 스펀지가 달린 막대기를 위아래로 움직여 창을 닦다가 한동안 교실 안을 물끄러미 쳐다보고, 다시 스펀지에 물을 묻혀 창을 닦았다. 그런데 어느 시점에선가 그 사람과 내 눈이 마주쳤다. 스무 살이 갓 넘었을까, 아주 앳돼 보이는 청년이었다. 순간 나는 그 청년이 교실 안의 세계에 대해 강한 호기심을 갖고 있다고 느꼈다. 아니, 자기도 교실 안 학생들처럼 유리창 안쪽에 앉아 있고 싶어 한다는 생각이 들었다.

지난해 학회 참석차 파리에 다녀오는 비행기 안에서 한 젊은 이를 만난 적이 있다. 아프리카 어느 나라에서 고기를 잡는 외항 선원이었는데 아주 어렸을 때부터 배를 탔고 2년 만에 휴가를 얻어 부산에 있는 집에 가는 중이라고 했다. 내 직업을 알고 나서 유경만이라는 그 젊은이는 말했다.

"대학교 선생님요? 저는 대학이라는 데를 꼭 가보고 싶어요. 그거ㅌ한 데를 꼭 가고 싶다고요. 그런데 그곳은 죽어라 노력해도 제가 안으로 들어갈 수 없는 세상 같아요."

사고로 두 손가락이 잘려 나간 손을 내려다보며 그 젊은이는 씁쓸하게 웃었다.

안과 밖. 물리적으로는 겨우 유리창 하나를 사이에 두고 있는 같은 또래의 젊은이들이지만, 안에서 강의를 듣고 있는 젊은이들과 밖에서 유리창을 닦고 있는 젊은이의 세계는 끝없이 멀다. 교실 안을 들여다보는 그 젊은이를 보면서 나는 어렸을 때 읽었던 심훈의 소설《상록수1935》를 떠올렸다.

주인공 박동혁과 채영신은 여름방학을 이용해서 농촌계몽운동에 참여했다가 서로 동지 겸 연인 사이가 되고, 각기 자신의 고향에서 농촌계몽운동에 헌신하기로 약속한다. 영신은 부녀회를 조직하고 교회 건물을 빌려 아이들을 가르치며 새 학원을 짓기 위해 모금 운동을 한다. 그러나 학원 낙성식 날 영신은 맹장염으로 쓰러진다. 영신을 간호한 후에 동혁이 고향에 돌아와 보니 고리대금업을 하는 강기천이 동혁의 동지들을 매수하여 동혁이 각고 끝에 조성해 놓은 농우회 회장이 되고, 농우회관은 강기천의 뜻대로 진흥회 회관이 된다. 이에 화가 난 동혁의 여동생이 회관에 방화를 하자 동혁이 대신 잡혀간다.

기독교계의 추천으로 일본에서 공부하고 돌아온 영신은 병이 악화된다. 출옥을 해서 동혁이 영신을 찾아가 보니 영신은 애타게 동혁을 찾다가 이미 숨을 거둔 뒤였다. 동혁은 영신의 몫까지 다해 농촌계몽운동을 할 것을 다짐하며 슬픔 속에 새로운 각오를 안고 고향으로 돌아간다.

너무 오래전에 읽어서 이제는 줄거리조차 희미한 작품이지만, 아직도 생생히 기억에 남는 장면이 있다. 교실로 쓰는 교회 건물이 좁고 낡았으니 학생을 80명만 받으라는 주재소의 명령에 따라 영신은 배움에 굶주린 학생들을 억지로 내쫓는다. 아이들을 가르치다가 무심히 창밖을 내다본 영신은 깜짝 놀란다. 쫓겨난 아이들이 머리만 내밀고 담에 매달려 있는가 하면, 나무에 올라가 교실 안을 들여다보고 있었기 때문이다. 이에 감격한 영신은 아예 칠판을 밖으로 옮긴다. 그리고 칠판에 커다랗게 적는다.

"아무나 오게, 아무나 오게."

나는 지금 외국에서 이 글을 쓰고 있다. 밖에서 접하는 나라 안 소식이 하나같이 다 어둡지만, 그중에서도 가장 충격적인 것은 어린 자식 셋을 데리고 동반 자살한 어머니에 관한 기사다.

무정한 모정에 대한 비난이 혹독하지만, 아마도 두고 가는 자식들도 결국은 자신처럼 '안'의 세계에 들어가지 못하리라는 절망감이 죽기 싫다고 아우성치는 아이를 밀치고 세 살짜리 어린아이까지 안고 뛰어내리게 했는지도 모른다. 돈 많고 힘 있는 사람끼리 모여 동그랗게 금 그어놓고 아무도 못 들어오게 밀쳐내며 사는 이 세상에 자식들을 두고 가기가 너무나 무서웠는지도 모른다.

까마득하게 잊고 있었던 작품 중에서 유독 "아무나 오게, 아무나 오게"라는 말이 기억에 남는 이유는 그 말이 주는 너그러움이, 따뜻함이, 그리고 그 아름다움이 낯선 세상에 살고 있기 때문일 것이다.

내게 남은 시간

1849년 12월 22일, 영하 50도나 되는 추운 날씨에 여남은 명의 사형수가 형장으로 끌려 나왔다. 한 청년이 다른 두 사람과 함께 형장의 세 번째 기둥에 묶였다. 사형 집행까지는 5분이 남아 있었다. 청년은 이제 단 5분밖에 남지 않은 시간을 어디에다 쓸까 생각해 보았다. 옆 사람들과 마지막 인사를 하는 데 2분, 오늘까지 자신의 삶을 생각해 보는 데 2분, 그리고 남은 1분은 자연을 한번 둘러보는 데 쓰기로 했다. 그는 옆의 두 사람과 최후의 키스를 나누었다.

"거총!" 소리와 함께 병사들이 총을 들었다. 조금만, 조금만 더 살고 싶은 욕망과 함께 죽음의 공포가 몰려왔다. 바로 그때 밀빌곱 소리와 함께 한 병사가 나타나서 소리쳤다. "사형 중지, 황제가 특사를 내리셨다!"

28세의 나이로 총살 직전에서 살아난 사형수, 그는 톨스토이와 함께 19세기 러시아 문학을 대표하고《죄와 벌》,《카라마조프의 형제들》과 같은 불후의 명작들을 쓴 세계적 문호 도스토옙스키Fyodor Dostoevsky, 1821~1881였다. 농노제의 폐지, 검열 제도의 철폐, 재판 제도의 개혁을 요구하는 사회주의 서클에 가담했다가 1847년 체포되어 사형이 언도되었으나 사형 집행 직전, 황제의 특사에 의해 감형되어 시베리아에 유배되었다. 4년간의 징역 후 풀려나온 그는 후에 시베리아 유형의 체험을 기록한《죽음의 집The House of the Dead, 1860》을 발표했다.

'영혼의 리얼리즘' 작가로 불릴 정도로 인간의 내면 묘사에 천착했던 도스토옙스키는 그의 마지막 장편소설《카라마조프의 형제들The Brothers of Karmazov, 1880》에 일생 동안 그를 괴롭혔던 사상적·종교적 문제, 선과 악에 관한 사색을 모두 쏟아부었다. 물욕과 타락의 상징인 표도르를 아버지로 둔 카라마조프가家의 3형제(방탕하고 무분별하나 순수함을 지닌 장남, 드미트리, 무신론자에다 냉소주의적 지식인 차남, 이반, 수도원에서 사랑을 설파하는 조시마 장로를 추종하는 박애주의자, 알료샤), 그리고 아버지와 백치 거지 사이에서 태어난 사생아, 스메르쟈코프를 중심으로 펼쳐지는, 부자와 형제 간의 애욕을 그린 작품이다. 결국 카라마조프가의 사랑의 결핍은 스메르쟈코프의 친부 살인이라는 끔찍한 결과를 초래하고, 드미트리는 아버지를 살해했다는 누명을 쓰고 유형 길에 오르고, 동생 알료샤는 형을 따라나선다.

신이 없는 이상 남을 사랑해야 한다는 법칙도 존재할 수 없고, 따라서 "신이 없으면 인간이 신이다"라는 결론에 도달한 이반에게 알료샤는 말한다.

"논리보다 앞서서 우선 사랑하는 거예요. 사랑은 반드시 논리보다 앞서야 해요. 그때 비로소 삶의 의미도 알게 되죠."

도스토옙스키는 드미트리의 입을 빌려 인간의 마음이란 "악마와 신이 서로 싸우고 있는 싸움터"라고 말한다. 따라서 사랑을 베풀기 위해서는 신이 마음속 싸움에서 승리해야 하고, 선과 악의 투쟁은 결국 인간의 내면에서 일어나는 사랑하려는 힘과 사랑하지 못하는 힘의 대결이라는 것이다.

그래서 이 소설에서 정신적인 지주로 등장하는 조시마는 "지옥이란 다름 아닌 바로 사랑할 수 있는 능력을 상실한 데서 오는 괴로움"이라고 정의한다. 또한 그는 역설한다. "대지에 입

맞추고 끊임없는 열정으로 사랑하라. 환희의 눈물로 대지를 적시고 그 눈물을 사랑하라. 또 그 환희를 부끄러워하지 말고 그 것을 귀중히 여기도록 하라. 그것은 소수의 선택된 자들에게만 주어지는 신의 선물이기 때문이다."

1878년에 쓰기 시작하여 1879년에 처음으로 발표되고 이듬 해 완결된 이 작품에는 '작가로부터'라는 머리말이 붙어 있는 데, 도스토옙스키는 여기서 이 작품이 미완성이라고 말한다. 그리고 이후 20년간 계속 쓸 계획을 밝혔다. 그러나 결국 그에 게 남아 있는 시간은 불과 2개월이었다. 다음 해 1월 28일에 급사했기 때문이다.

연구실의 쪽창 밖으로 보이는 은행나무가 자지러질 듯 노란 색을 발하고 하늘에는 노을빛이 감돈다. 도스토옙스키가 죽음 을 5분 남겨두고 그 귀중한 시간 중에 1분이나 할애하고자 했 다는 자연도 이제는 서서히 순명順命의 죽음을 준비하고 있다. 내 삶도 이제는 가을로 접어들었지만, 아직도 나는 눈물의 열 정으로 대지를 사랑하지 못하고, 내 마음의 전장戰場에서는 치 열한 싸움만 계속되고 있다.

내게 남은 시간은 얼마일까. 앞으로 내가 몇 번이나 더 이 아 름다운 저녁놀과 가을을 볼 수 있을까. 한 가지 확실한 건 사랑

없는 '지옥'에서 속절없이 헤매기엔 내게 남은 시간이 너무 짧다는 것이다.

4

혼란과 불행과 죽음 위에
내 희망을 쌓아 올릴 수는 없습니다.
나는 세계가 차츰 황폐해 가는 것을 보고
수백만의 고통을 직접 느낄 수 있습니다.
그렇지만 하늘을 보면 언젠가는
모든 일이 다 잘되고 이 잔악함도 결말이 나고,
또다시 평화와 고요가 돌아오리라고 믿습니다.

– 안네 프랑크

Carl Holsøe, *Interior with a Girl Reading*, 1903

저 하늘의 별을 잡기 위해

지난주에 어느 수녀회에서 주최하는 장애인 돕기 콘서트에 다녀왔다. 충주 맹아학교 아이들의 생활을 담은 짤막한 비디오를 보여준 후에 사회자 유인촌 씨가 말했다. "이루지 못할 꿈을 꾸고, 쳐부수지 못할 적과 싸우고, 견디지 못할 슬픔을 견디고…… 어쩌면 이것이 이 아이들이 하고 있는 일인지도 모릅니다."

장내가 숙연해졌다. 유인촌 씨가 인용하고 있는 것은 세르반테스Cervantes, 1547~1616의 《돈키호테Don Quixote, 1605》를 뮤지컬로 만든 〈라 만차의 사람Man of La Mancha〉에서 돈키호테가 부르는 유명한 노래의 가사이다.

노래는 이렇게 계속된다.

"용감한 사람도 가기 두려워하는 곳에 가고…… 순수하고 정결한 것을 사랑하고…… 잡을 수 없는 저 별을 잡으려고 손을 뻗는 것, 이것이 나의 여정이다. 아무리 희망이 없어 보여도, 아무리 길이 멀어도, 정의를 위해서 싸우고 천상의 목표를 위해서는 지옥에 가는 것도 두려워하지 않고, 이 영광의 여정에 충실해야 나 죽을 때 평화로우리…… 그리고 이것 때문에 세상은 더 좋아지리. 아무리 조롱받고 상처 입어도 한 사람이라도 끝까지 노력한다면…… 잡을 수 없는 저 별을 잡기 위해……."

대학 때 영어 연극에서 들은 이후 아름다운 곡조와 함께 내 마음 한구석에 자리 잡고 있는 이 노래는 돈키호테의 황당무계하지만 아름다운 이상주의를 요약하고 있다.

스페인의 시골 '라 만차'라는 곳에 사는 '알론소 키하노'라는 50세 된 노신사는 밤낮으로 기사도 이야기를 탐독한 나머지 정신 이상을 일으켜 스스로 기사도 이야기의 주인공이 된다. 그는 자신의 이름을 '돈키호테'라고 고치고, 핍박받는 자들의 편에 서서 이 세상의 부정과 맞서 싸우기 위해 근처에 사는 어리숙한 농부 '산초 판사'를 종자로 거느리고 편력의 길에 나선다. 모든 것을 중세 기사도로 해석하는 그는 풍차를 거인으로 생각하고, 양 떼를 교전 중인 군대로 생각하며, 포도주가 든 가죽 주머니를 상대로 격투를 벌이기도 한다. 현실과 유리된 이상적 몽상가인 돈키호테는 가는 곳마다 미치광이 취급을 당하고 뭇매를 맞고 돌팔매질당하지만, 그의 용기와 고귀한 뜻은 꺾이지 않는다.

줄거리만 보면 우스꽝스러운 광인의 어쭙잖은 모험담 같지만, 《돈키호테》는 단순한 익살이나 풍자소설이 아니다. 전편은 1605년에, 후편은 1615년에 출판된 이 방대한 작품은 서구 문학 최초의 소설이라는 문학사적 가치 외에도 진정한 '인간'을 그린 최초의 작품이라는 격찬을 받기도 했다. 작자 세르반테스는 당시 크게 유행했던 중세 기사들의 허황된 무협 연애담을 패러디하기 위해서 이 소설을 썼다고 했지만, 결과적으로는 600여 명의 인물이 등장, 프랑스의 비평가 티보데가 '인류의 책'이라고까지 부르는 대작이 되었다. 영어의 '키호티즘 quixotism'이라는 단어도 돈키호테의 이름에서 비롯되었는데, 이 말은 현실적 물질주의에 도전하고 자신의 꿈과 이상을 실현하기 위해 저돌적으로 나아가는 성품이나 경향을 일컫는다.

그런데 학창 시절에 이 책을 읽고 난 후 이제껏 살아오며 내가 깨달은 것 한 가지는, 이 세상은 돈키호테가 기사도 정신으로 바로잡을 수 있다고 생각했던 중세처럼 조화롭거나 평화롭지 못하고, 정의를 바로잡기 위해 손을 뻗는 일은 결국 허사로 돌아가기 일쑤라는 것이다. 늘 깨어진 꿈에 좌절하고 이상과 현실의 괴리 속에서 괴로워하게 마련인 것이 우리네 삶이기 때문이다. 그래서 돈키호테가 마지막 모험에서 돌아와 제정신이 들어 임종한 후 그의 묘비에는 다음과 같은 문장이 새겨졌다.

"광인으로 살다가 제정신으로 죽은 이여."

하지만 햇빛 눈부신 이 가을날 오후, 어쩌면 돈키호테처럼 잡을 수 없는 별에 손을 뻗치고, 순수하고 정결한 것을 사랑하고, 이루지 못할 꿈이라도 끊임없이 꾸는 '광인'의 삶이 차라리 행복한지도 모른다는 생각이 든다. 아직은 이 아름다운 세상에 대한 미련이 너무 커서 "아무리 조롱당하고 상처 입어도 한 사람이라도 끝까지 노력한다면 이 세상 좋아지리……"라는 돈키호테의 믿음을 완전히 저버릴 수 없기 때문이다.

사랑의 문제

며칠 전 찾아왔던 상민이는 4년 전 졸업하고 나서 이제껏 화실에 나가서 만화를 습작하느라고 고정된 직업이 없다. 유머 감각이 뛰어나서 늘 주변 사람들을 즐겁게 하고 학교 성적도 좋아서 원하기만 하면 대기업에 취직하는 것은 전혀 문제가 없었을 텐데 부모님의 반대도 무릅쓰고 상민이는 굳이 만화가의 길을 택했다. 아직 만화가로서 정식 데뷔를 못 해서 생활이 너무나 옹색하고, 여전히 주위 사람들은 제대로 된 직장을 얻어서 남들처럼 살라고 한단다. 하지만 정작 상민이 자신은 지금의 생활이 더 좋다며 웃는데, 아닌 게 아니라 얼굴이 무척 밝았다.

졸업할 때 논문을 16세기 영국의 작가이자 정치가, 위대한 인문주의자였던 토머스 모어Thomas More, 1478~1535의 정치 공상 소설《유토피아Utopia, 1516》에 대해 썼다는 상민이가 재미있는 말을 꺼냈다. 즉 모어가 헨리 8세의 이혼을 반대하다가 종교 반역자로 몰려 단두대에서 처형되기 직전 머리를 받침대 위에 올려놓고 했다는 말이다. "내 수염은 잘리지 않도록 조심하슈. 그건 죄가 없으니……."

"멋있잖아요, 선생님. 죽을 때까지도 유머 감각을 잃지 않은 것 말이에요." 상민이는 말하고 나서 곧 덧붙였다. "그런데 말이죠, 우리나라 정치인들은 유머 감각이 별로 없는 것 같아요."

그러고 보니 우리 정치인들의 이미지는 어쩐지 엄숙하고 경직되고, 웃어봤자 계산적인 입술 근육의 움직임처럼 보일 뿐, 무언가 진정에서 우러나오는 밝고 환한 표정은 별로 보지 못한 것 같다. 사실 유명한 정치가들— 예를 들어 영국의 벤저민 디즈레일리나 윈스턴 처칠, 미국의 존 F. 케네디 등—은 그들의 탁월한 정치적 수완뿐만 아니라 유머 감각으로도 유명하다. 한 번은 처칠을 끔찍이 싫어하던 영국의 여성 국회의원 레이디 에스터가 한껏 화가 나서 처칠에게 "당신이 내 남편이었다면 당신 커피에 독을 탔을 겁니다"라고 말했다. 그러자 처칠이 느긋하게 대답했다. "내가 당신 남편이었다면 서슴지 않고 그걸 마셨을 것이오."

사전을 찾아보면 '유머 감각'이란 '우습거나 재미있는 것을 감지하고 즐기고 표현하는 능력'이라고 정의되어 있다. 그러나 유머 감각은 그보다 좀 더 넓은 관점에서도 볼 수 있다. 누군가 무슨 일을 할 때 상황의 정곡을 찔러 유머 감각을 발휘하여 대처한다는 것은 그의 날카로운 상황 판단력과 자신의 의견에 대한 확고한 신념을 전제로 한다. 이는 또한 근시안적 판단을 유보하고 한 발자국 물러서서 좀 더 객관적으로 상황을 관찰할 수 있는 여유를 의미하기도 한다. 그러나 무엇보다도 자신의 믿음에 관한 확신, 그리고 그 누구 앞에서도 떳떳하고 당당할 수 있는 정직함이 뒷받침되어야 한다.

《닥터 지바고》나 《아라비아의 로렌스》, 《미션》 등의 각본을 쓴 로버트 볼트는 토머스 모어의 생애를 그린 《사계절의 사나이*A Man for All Seasons*》라는 각본으로 1966년도 아카데미상을 받은 적이 있는데, 그중에서 한 대사가 기억에 남는다.

모어가 사형선고를 받자 주변의 친척들과 친구들이 다른 사람들처럼 왕과 타협해서 목숨만은 건지라고 설득에 나선다.

그중 한 친구가 제발 이성적으로 행동하라고 말하자 모어가 답한다.

"그렇지만 이건 이성의 문제가 아니라 사랑의 문제a Matter of Love이지 않나."

가끔 상민이처럼 '사랑의 문제'를 좇아 삶의 행로를 결정하는 학생들을 본다. 조건 좋은 혼처를 두고 경제적 능력이 없는 장애인과 결혼을 한다든가, 공부를 썩 잘해서 유학을 다녀와서 교수가 되었으면 하는데 갑자기 사제가 되겠다고 수도회에 입회하는 등, 이리저리 손익을 따져가며 '이성의 문제'에만 급급해서 살아온 나로서는 도대체 이해할 수 없는 일들을 아직도 젊은 우리 학생들은 한다.

목숨까지 바쳐 자신의 신앙과 '사랑의 문제'를 끝까지 고수한 토머스 모어는 이제 성인聖人으로 추앙된다. 그러나 나는 연구실을 나가는 상민이의 뒷모습을 보며 지금이라도 만화가의 꿈을 접고 월급 많이 주는 회사에 취직을 하라는 말이 목구멍까지 치미는 것을 억지로 참았다.

나처럼 '이성의 문제'가 모든 것을 결정하는 이 세상에서 용기 있는 우리 학생들의 꿈과 사랑을 지켜줄 자신이 없기 때문이다.

내가 이상을 버리지 않는 이유

아프리카의 어느 부족은 너무 웃자라 불편하거나 쓸모없게 된 나무가 있을 경우 톱이나 칼로 잘라버리는 대신 온 부락민들이 모여 그 나무를 향해 크게 소리 지른다고 한다. 예컨대, "너는 살 가치가 없어!", "우린 널 사랑하지 않아!", "차라리 죽어버려!" 등, 나무가 들어서 가슴 아파할 만한 말을 계속하면 시들시들 말라 죽어버린다는 것이다.

몇 년 전 이 이야기를 인용하면서 말 한마디가 이렇게 생명을 좌우할 만큼 폭력적일 수 있고 오랫동안 아물지 않는 마음의 상처로 남을 수 있다는 글을 쓴 적이 있다. 그렇지만 물론 육체적 가학이 언어적 학대보다 낫다는 말은 아니다. 사실 인간 역사에서 가장 위대한 발명은 '욕'일지도 모른다. 아주 옛날 원시인들이 모닥불 피워놓고 둘러앉아 환담하다가 어떤 이해 관계로 논쟁이 붙고, 누군가 화가 나서 상대방을 곤봉으로 내려치려다 대신 욕 한마디 하고 나서 분노를 삭혔다면, 그래서 그의 생명을 해치지 않았다면, 그것은 인간 역사의 가장 위대한 순간이다.

운명은 인간의 것이지만 생명은 신의 것이다. 그렇기 때문에 그 누구도 다른 사람의 생명을 빼앗을 권리는 없고, 그 무슨 명분을 갖다 붙인다 해도 '정의로운' 전쟁은 없다. 한 사람의 생명을 빼앗는 것은 그의 꿈, 소망, 사랑을 송두리째 없애버리는 것이기 때문이다.

《안네의 일기 *The Diary of Anne Frank, 1947*》는 문자 그대로 안네 프랑크라는 열세 살 난 유대인 소녀의 일기이자 전쟁의 참화를 가장 현실적이고 감동적으로 전하는 세계적인 베스트셀러 작품이다. 제2차 세계대전 중인 1942년 6월 14일부터 2년여에 걸쳐 쓰인 이 일기는 감수성이 예민한 어린 소녀의 눈으로 전쟁의 비극을 묘사한다. 유태인 말살 정책을 편 히틀러를 피해 안네의 가족은 다른 두 가족과 함께 비밀 입구가 있는 은신

처에서 은둔 생활을 한다. 언제 발각되어 수용소로 보내질지도 모른다는 극심한 불안, 다른 동거 가족들과의 갈등, 안타깝게 기다리는 연합군 상륙 작전과 승전 소식, 함께 사는 또래의 소년 페터에 대한 안네의 사랑과 꿈, 그리고 무엇보다 비참한 삶을 희망으로 바꾸어가려는 안네의 슬픈 의지가 경건한 감동을 준다.

"누가 우리에게 이런 고통을 안겨준 것일까요?"라고 자문하는 안네는 "만일 하느님의 은총으로 이 세상에 살아남는 일이 허락된다면, 나는 꼭 이 세상을 위해, 인류를 위해 일하겠습니다"라고 꿈을 밝힌다. 작가가 되어 "주변의 모든 사람들에게 도움이 되고 기쁨을 주는 존재"가 되고 싶은 안네의 소망은 단지 일상의 작은 행복을 누릴 수 있는 삶 — 마음대로 자전거를 타고 자유롭게 춤을 추고 휘파람을 불고 젊음과 자유를 누리는 그런 삶이었다.

"가끔씩 나는 생각합니다. 어쩌면 이곳으로 숨어들어 오지 말고 차라리 죽어버리는 게 더 낫지 않았을까 하고 말입니다. 그러면 이 비참한 고통을 겪지 않고 우리를 보호해 주는 사람을 위험에 처하게 하는 일도 없겠지요. 하지만 곧 이런 생각을 거두게 됩니다. 우리는 여전히 삶을 사랑하기 때문입니다. 우리는 아직도 자연의 목소리를 잊지 않았고, 여전히 모든 일에 희망을 버리지 않고 있습니다."

《안네의 일기》는 1944년 8월 1일로 끝이 난다. 일기의 마지막 부분에서 안네는 자신의 이상에 대해 말하고 있다.

"내가 이상을 버리지 않는 이유는 인간은 결국 선하다는 것을 믿고 있기 때문입니다. 혼란과 불행과 죽음 위에 내 희망을 쌓아 올릴 수는 없습니다. 나는 세계가 차츰 황폐해 가는 것을 보고 수백만의 고통을 직접 느낄 수 있습니다. 그렇지만 하늘을 보면 언젠가는 모든 일이 다 잘되고 이 잔악함도 결말이 나고, 또다시 평화와 고요가 돌아오리라고 믿습니다. 그때까지는 어떻게든 이상을 잃지 말아야 하겠습니다. 어쩌면 정말 그것들을 실현할 수 있는 날이 올지도 모르니까요."

그러나 결국 그날은 오지 않았다. 안네의 가족은 1944년 8월 4일 체포되고, 이듬해 3월 안네는 베르겐 수용소에서 죽음을 맞는다. 연합군이 수용소를 해방시키기 불과 며칠 전 일이었다.

말보다는 무기로, 타협보다는 대결로 끊임없이 전쟁을 일삼는 이 세상에 살아남기에 안네의 이상은 너무나 크고 아름다웠다.

Julian Alden Weir, *A follower of Grolier*, 1916

어머니, 그 위대한 이름으로

내가 제일 처음 배운 우리말 글자는 '오' 자였다.

아주 어렸을 때 펄 S. 벅Pearl S. Buck, 1892~1973의 《대지*The Good Earth*, 1931》를 번역하시면서 끝없이 교정을 보시는 아버지 곁에서 어머니, 언니 오빠가 원고 정서에 매달려 정신없을 때, 심심해하는 내게 등장인물 '오란', '왕룽' 등 몇 개의 이름을 적어주면 나는 흉내 내어 그 글자들을 써보곤 했다. 《대지》를 비롯해서 스무 권에 가까운 펄 벅의 작품을 번역하셨던 아버지 덕에 내가 자라나는 동안 펄 벅은 늘 이웃집 할머니처럼 친숙한 이름이었고, 후에 내가 영문학도가 되어 처음으로 원서로 읽은 작품도《대지》였다.

　불후의 명작《대지》외에도 80권에 달하는 작품을 쓴 다산 작가, 여성으로서 최초로 노벨 문학상을 받은 작가, 중국에서 자랐고 동서양의 벽을 허물고 인류 전체의 복지 사회를 꿈꾸었던 평화주의 작가, 자선 사업가로서 우리나라에도 혼혈아를 위한 재단을 세웠던 인도주의 작가 등, 펄 벅을 따라다니는 수식어는 많다. 그러나 내가 읽은 그녀의 작품 중 가장 인상 깊은 책은 1951년 발표한《자라지 않는 아이*The Child Who Never Grew, 1951*》이다.

　펄 S. 벅은 한국의 고아를 포함, 국적이 다른 아홉 명의 고아들을 입양했지만, 그녀의 친자는 중증의 지적장애와 자폐증이 겹친 딸 하나뿐이었다. 그녀가 '가장 어렵게 쓴 책'이라고 고백한《자라지 않는 아이》는 최고의 명예를 누리는 작가로서가 아니라 장애 자녀를 낳아 길러본 어머니로서의 체험을 마음으로 토로한 책이다. 아이가 처음 태어났을 때의 행복감, 그러나 지적장애아로 일생 동안 '자라지 않는 아이'로 남게 되리라는 진단을 받았을 때의 절망을 그녀는 이렇게 말한다.

　"차라리 죽음이 더 편할지 모릅니다. 죽음은 그것으로 끝나기 때문입니다. 내 딸아이가 지금 죽어준다면 얼마나 다행인지 모른다고 생각했습니다……."

그 아이를 있는 그대로 받아들일 수 있을 때까지의 기대와 실망, 끝없는 고통, 그러나 결국 그 딸에게서 배운 점을 담담하게, 그러나 그녀의 고백대로 '마음속으로 피를 흘리며' 서술하고 있다. "나는 그 누구에게든 존경과 경의를 표해야 한다는 것을 배웠습니다. 내 딸이 없었다면 나는 분명히 나보다 못한 사람을 얕보는 오만한 태도를 버리지 못했을 것입니다. 그리고 지능만으로는 훌륭한 인간이 될 수 없음도 배웠습니다."

그리고 그녀는 결론적으로 말한다.

"나는 결코 체념하지 않고, 내 딸아이를 '자라지 않는 아이'로 만든 운명에 반항할 것입니다."

그녀가 말하는 '운명에 대한 반항'은 무지로 인해 출산 전 실수로 장애아가 태어나는 것을 예방하고, 장애를 가진 아이들도 "교육받을 권리, 행복을 추구할 권리가 있음을 자나 깨나, 어디를 가나 외치는" 것이다. 장애아에게 더불어 살 수 있는 기회를 마련해 주는 것은 비단 부모의 책임뿐만 아니라 이웃과 사회, 국가의 의무라고 그녀는 역설한다.

"우리 모녀의 모든 것을 바쳐 다른 사람이 이런 괴로움을 겪지 않도록 힘쓸 수 있다면, 우리의 생애가 결코 무의미한 것이 아닐 것입니다." 그러한 희망에서 위안을 찾는다며 그녀는 책을 맺고 있다.

이 책을 읽으며 내가 생각하는 사람은 물론 나의 어머니이다. 기동력 없는 딸이 발붙일 한 뼘의 자리를 마련하기 위해 목숨 걸고 '운명에 반항'하여 싸운 나의 어머니. 장애는 곧 죄를 의미하는 사회에서 마음속으로 피를 철철 흘려도 당당하고 의연하게 딸을 지킨 나의 어머니. 무엇보다 이 땅에서 배움의 기회를 얻는 것은 부모님과 내게 너무나 힘겹고 고달픈 싸움이었다. 업어서 교실에 데려다 놓고 밖에서 추위에 떨며 기다리시던 나의 어머니. 장애를 이유로 입학시험 보는 것조차 허락하지 않는 학교들을 찾아가 제발 응시만이라도 하게 해달라고 사정하며 다니시던 나의 아버지. 아버지를 기다리며 초조하게 문간을 서성이던 나의 어머니.

조금만 도와주면 나도 잘 해낼 수 있다고, 제발 한몫 끼어달라고 애원해도 자꾸 벼랑 끝으로 밀쳐내는 이 세상에 악착같이 매달릴 수 있었던 것은 어머니, 어머니가 있었기 때문이었다.

노벨 문학상의 위업도 그 위대한 이름, '어머니'에 비할까.

'신은 모든 곳에 있을 수 없기에 어머니를 만들었다.' 어디선가 본 책의 제목이다. 사회와 국가가 의무를 소홀히 해도 지금

도 어디에선가 '운명에 반항'하여 싸우고 있는 장애아 자식을
가진 어머니들. 그 하느님 같은 어머니들의 외로운 투쟁에 사
랑과 갈채를 보내며 나의 어머니와 그들에게 이 글을 바친다.

Maurice Denis, *Mother With Child By The Sea*, 1900

거울 속의 감옥

출판사에서 일을 하다가 개업 광고지를 보고 순두부찌개를 주문했다. 한참 만에야 배달을 오신 아주머니는 머리가 산발이었고 눈이 잔뜩 충혈되어 있었다. 이유인즉 아주머니가 순두부를 갖고 오는데 이 출판사에 줄곧 음식을 배달해 오던 다른 가게 아주머니가 손님 빼앗아 간다고 달려들어 한바탕 싸우고 나서 음식을 다시 해 온 것이기 때문이었다. 3,500원짜리 순두부찌개를 두고 두 아주머니가 필사적인 싸움을 벌인 것이다.

음식 쟁반을 덮은 신문의 사회면에는 어느 집에서 100억 원대의 현금을 도둑맞았다는 기사와 2,204억 원의 추징금 중 314억 원만 납부한 전두환 전 대통령이 제출한 가족 재산 목록이 50억 원에도 못 미친다는 기사가 한 면을 다 차지하고 있었다.

한쪽에서는 단돈 3,500원에 목숨 걸고, 또 한쪽에서는 마치 '억 원'이 어린아이 사탕값이나 되는 듯 아무렇지도 않게 언급된 것이 사뭇 대조적이었다. 도대체 어떻게 집 안에 100억 원이라는 돈을 갖고 있을 수 있으며, 2,204억 원이면 얼마만큼의 액수인지, 숫자가 100 이상만 되면 정신없이 헤매는 내 부족한 두뇌로는 가늠조차 할 수 없다.

따지고 보면 인간 만사가 다 돈, 돈이 문제다. 신파극 주제가처럼 돈에 울고 돈에 웃고, 돈에 살고 돈에 죽고……. 영국 시인 바이런은 '돈이란 알라딘의 램프'라고 정의했고, 새뮤얼 버틀러는 사랑의 신 큐피드의 화살도 금촉일 때 더욱 명중률이 높다고 했다. 그러니 삶을 그대로 반영하는 문학작품에서도 돈이 배제될 수 없다.

돈에 대한 지나친 집착으로 인한 인간성 상실의 예로는 셰익스피어의《베니스의 상인》에 등장하는 샤일록이나, 찰스 디킨스의《크리스마스 캐럴》에 나오는 스크루지를 들 수 있다.

스크루지나 샤일록이 미움받는 구두쇠라면, 19세기 영국의 여류 작가 조지 엘리엇George Eliot, 1819~1880의 《사일러스 마너 *Silas Marner*, 1861》에 등장하는 주인공은 동정받을 만한 구두쇠이다.

마너는 억울하게 도둑 누명을 쓰고 고향을 떠난 직조공이다. 그는 자기가 짠 직물을 파는 일 외에는 마을 사람들과 아무런 왕래도 없이 외딴 집에서 혼자 살고 있다. 그에게 유일한 낙이 있다면, 하루에 16시간씩 꼬박 앉아 짠 직물을 팔아서 번 금화를 쓰지 않고 냄비에 담아 마루 밑에 감추어두고 밤마다 꺼내어 어루만져 보는 일이다.

그러던 어느 날 그의 인생에 크나큰 변화가 찾아온다. 그의 삶의 목적 자체이던 금화를 누군가 훔쳐 간 것이다. 자살까지 생각하며 비탄에 빠져 잃어버린 금화를 찾아다니다 허탕 치고 돌아온 어느 날 밤, 마너는 난롯가에 잠들어 있는 두 살배기 여자아이를 발견한다. 아이의 반짝이는 금발을 금화로 착각하고 순간적으로 들떴던 그는 그 아이가 어머니는 죽고 아버지한테 버림받은 고아나 마찬가지라는 사실을 알게 된다. 그리고 마너는 그 아이를 키우기로 작정한다.

그때부터 마너는 딱딱하고 차가운 금화 대신에 딸 에피를 사랑하는 마음으로 키우며 자기를 버렸던 세상에 마음의 문을 열기 시작한다.

마을 사람들에게 말을 걸고 친절을 베풀기 시작하고, 마을 사람들도 마녀를 따뜻하게 대한다. 그는 에피를 통해 난생처음으로 사랑을 준다는 것, 그리고 사랑을 받는다는 것이 어떤 것인지 느끼고, 이 세상에 선이 존재함을 새롭게 배운다.

"이 세상에 선은 분명 존재한다는 것, 나는 이제 그걸 알아. 세상에는 고통과 악이 존재하지만, 보이지 않는 곳에 분명 선은 있어."

이야기는 여기서 끝나지 않고 계속되지만, 이 소설에서 강조되는 점은 돈에 집착했을 때 고립되고 의미 없는 삶을 살던 마녀가 그 돈이 없어졌을 때에야 비로소 다시 인간성을 회복하고 진실된 인간관계를 발견한다는 아이러니이다.

투명한 유리에 금이나 은을 칠하면 거울이 된다. 유리를 통해서는 바깥세상도 보이고 다른 사람들도 보인다. 내가 웃고 손을 내밀면 상대방도 웃고 손을 내밀어 준다. 하지만 거울에는 자기만 보인다. 금·은으로 사방에 벽을 쌓고 살아가는 사람들은 마치 거울 속 사람들처럼 자기만 바라보고 자기만 돌보며 감옥인 줄도 모르는 채 감옥 속에서 살아간다.

사일러스 마녀는 에피를 통해서 거울 속 감옥에서 벗어났고, 그리고 말한다. "누가 뭐래도 그때보다 지금이 훨씬 더 행복하다"고.

'특별한' 보통의 해

    TV를 볼 때마다 요새 광고는 너무 난해하다는 생각을 한다. 내가 자랄 적에 보았던 옛날 광고는 그렇지 않았다. "후르륵 짭짭 냠냠냠" 하면 '아, 라면 광고인가 보다' 하고 금방 알았고, "꼬끼오" 닭이 울면 '닭표 간장', 그리고 겁에 질린 듯 눈이 커다란 인형이 머플러 쓰고 "감기 조심하세요" 하면 감기약 선전이라는 것을 대번 알았다. 그런데 요새는 음료수 광고 같은데 남자가 "가, 가버려" 하고 소리 지르며 엉엉 울지를 않나, 휴대전화 광고 같은데 갑자기 지붕이 뚫리고 사람이 떨어지지 않나, 멜론에 이어폰을 꽂고 듣는 광고는 아무래도 오리무중, 나같이 눈치 없는 사람은 도대체가 무슨 뜻인지 모를 광고가 수두룩하다.

오늘은 TV를 보는데 선글라스 낀 여자가 "내 아기는 특별해요!"라고 말하는 광고가 있었다. 이유식 광고 같은데 보통을 넘는 특별한 아기는 특별히 좋은 것을 먹여야 한다는 뜻이겠지만, 아기들이야 다 똑같지 '특별한 아기'라는 발상 자체가 이해가 안 간다.

몇 년 전 강남의 부자 동네에 저소득층을 위한 아파트를 짓는다는 말에 주민들이 데모에 나선 적이 있었다. 자기의 아이들과 저소득층의 아이들을 같은 학교에 보낼 수 없다는 이유였다. 그것도 아마 물질적 조건을 갖추었으므로 '내 아이는 특별하다'는 논리에서 나왔음 직하다.

'특별함' 또는 '완벽함'에 대해 다시 생각해 보게 하는 동화가 있다.

귀퉁이 한 조각이 떨어져 나가 온전치 못한 동그라미가 있었다. 동그라미는 너무 슬퍼서 잃어버린 조각을 찾기 위해 길을 떠났다. 여행을 하며 동그라미는 노래를 불렀다. "나의 잃어버린 조각을 찾고 있지요, 잃어버린 내 조각 어디 있나요♪" 때로는 눈에 묻히고 때로는 비를 맞고 햇볕에 그을리며 이리저리 헤맸다. 그런데 한 조각이 떨어져 나갔기 때문에 빨리 구를 수가 없었다. 그래서 힘겹게, 천천히 구르다가 멈춰 서서 벌레와 대화도 나누고, 길가에 핀 꽃 냄새도 맡았다. 어떤 때는 딱정벌레와 함께 구르기도 하고, 나비가 머리 위에 내려앉기도 했다.

오랜 여행 끝에 드디어 몸에 꼭 맞는 조각을 만났다. 이제 완벽한 동그라미가 되어 이전보다 몇 배 더 빠르고 쉽게 구를 수 있었다. 그런데 떼굴떼굴 정신없이 구르다 보니 벌레와 얘기하기 위해 멈출 수가 없었다. 꽃 냄새도 맡을 수 없었고, 휙휙 지나가는 동그라미 위로 나비가 앉을 수도 없었다.

"내 잃어버린 힉, 조각을 힉, 찾았지요, 힉!"

노래를 부르려고 했지만 너무 빨리 구르다 보니 숨이 차서 부를 수가 없었다.

한동안 가다가 동그라미는 구르기를 멈추고, 찾았던 조각을 살짝 내려놓았다. 그리고 다시 한 조각이 떨어져 나간 몸으로 천천히 굴러가며 노래했다.

"내 잃어버린 조각을 찾고 있지요……."

나비 한 마리가 동그라미의 머리 위로 내려앉았다.

〈잃어버린 조각My Missing Piece〉이라는 이 동화는 우리에게 잘 알려진 〈아낌없이 주는 나무〉를 쓴 셸 실버스타인Shel Silverstein,

1932~1999이 쓴 것으로 '완벽함의 불편함'을 전하고 있다. 사실 특별하게 잘나서 '보통'의 다수와 분리되어 살아간다는 것은 어쩌면 겉보기처럼 그렇게 멋진 일이 아닐지도 모른다. 한 조각이 떨어져 나가서 삐뚤삐뚤 구르는 동그라미처럼 조금은 부족하게, 느리게, 가끔은 꽃 냄새도 맡고 노래도 불러가며 함께 하는 삶이 더욱 의미 있고 행복할 수 있다는 메시지이다.

그런 의미에서 나는 새해가 더도 말고 덜도 말고, 별로 '특별'하지 않은 가장 보통의 해가 되었으면 좋겠다. 무슨 특별하게 좋은 일이 일어나거나, 대박이 터지거나, 대단한 기적이 일어나지 않아도 좋으니 그저 누구나 노력한 만큼의 정당한 대가를 받고, 상식에서 벗어나는 기괴한 일이 없고, 별로 특별할 것도, 잘난 것도 없는 보통 사람들이 서로 함께 조금씩 부족함을 채워주며 사는 세상 — 개인적 바람은 우리 어머니 건강이 갑자기 좋아지진 않더라도 보통쯤만 유지하고, 특별히 인기 있는 선생이 되지 않아도 보통쯤의 선생으로 학생들과 함께하고, 나의 보통 재주로 대단한 작품을 쓸 수는 없겠지만 그래도 독자들에게 보통 사람들의 보편적 진리를 위해 존재하는 문학의 가치를 조금이라도 전달할 수 있다면, 내게는 보통이 아니라 아주 특별하게 좋은 한 해가 될 것 같다.

5

계절은 봄이고
하루 중 아침
아침 일곱 시
진주 같은 이슬 언덕 따라 맺히고
종달새는 창공을 난다
달팽이는 가시나무 위에
하느님은 하늘에
이 세상 모든 것이 평화롭다

- 로버트 브라우닝

Vincent van Gogh, *Wheat Field with a Lark*, 1887

'초원의 빛'과 물오징어

　가끔씩 잊을 만하면 편지를 주는 고등학교 때 친구가 있다. 이제는 거의 모든 통신이 전자우편으로 이루어지지만, 그 친구는 1년에 한두 번씩 꼭 스프링 노트에 직접 손으로 쓴 장문의 편지를 보낸다. 오늘 온 편지는 이렇게 시작되고 있었다.

　"오늘 오후 막내가 다닐 재수 학원 알아보러 시내에 나갔다가 오는 길에 슈퍼마켓에 들러서 물오징어 몇 마리와 빨간 고추를 샀지. 아침에 사소한 일로 애 아빠랑 싸웠는데 그 사람이 좋아하는 오징어 볶음이라도 하려고 말이야. 막내를 낳고 나서 난 이상하게 빨간 고추 알레르기가 생겨 재채기를 하기 때문에 비닐 봉투로 겹겹이 싸들고 집으로 왔단다. 그런데 아파트 단지에 들어서다가 나는 갑자기 걸음을 멈췄어. 하늘은 너무나 파랗고, 햇볕은 밝고 투명하고, 아파트 뜰의 나무들에 벌써 초록색 물이 오르고…… 나도 모르게 '아 봄이로구나!' 하고 탄성이 나왔지.

그러다 문득 생각이 났어. 찬란한 봄볕 속에 서서 물오징어 보따리 들고 계속 재채기를 해대는 여자, 그게 바로 나라는 사실이. 아니, 봄이라는 것을 느껴본 것도, 아파트 뜰에 있는 벚나무를 본 것도 정말 얼마 만인지 몰라. 네가 아는 김민숙, 〈초원의 빛〉을 외우고, 윤동주의 시를 일기에 적고, 꼭 시인이 되고 싶었던 문학소녀 김민숙은 이미 사라진 지 오래고, 하루하루 이리저리 치대고 까불리며 껍데기만 남은 김민숙만 있는 거야……."

'초원의 빛'…… 민숙이의 가슴에 잊힌 소녀 시절의 꿈을 일깨운 이 말은 내게도, 그리고 아마 중년을 넘은 사람들이라면 누구에게나 어떤 향수를 불러일으킬지도 모른다. 오래전 우리나라에서 개봉되어 당시 큰 인기를 끌었던 내털리 우드와 워런 비티 주연의 영화 제목이기 때문이다.

19세기 영국의 계관시인이자 낭만주의 시의 대부 격인 윌리엄 워즈워스William Wordsworth, 1770~1850의 〈영생永生의 깨달음에 부치는 노래Ode: Intimations of Immortality from Recollections of Early Childhood〉라는 장시 중 "한때 그렇게도 찬란한 빛이었건만 / 이젠 영원히 눈앞에서 사라져버린 / 초원의 빛이여, 꽃의 영광이여……"에서 제목을 따온 것이다. (사실 원문의 정확한 번역은 '초원의 빛'이라기보다 '풀의 광휘'가 되겠지만, 우리나라에서는 영화 제목과 함께 거의 고유 명사화되었으므로 그대로 쓴다.)

민숙이의 편지는 계속되었다.

"고등학교 1학년 때인가, 언젠가 도시락을 못 싸가서 점심을 굶은 날, 오후에 달리기 시합이 있었어. 나는 정말 목숨 걸고 필사적으로 달렸지. 이기기 위해서가 아니라 현기증이 나도록 빈속을 감추기 위해서.

지금 나는 배고픈 일이 없고 내 냉장고는 손톱도 안 들어가게 음식으로 가득 찼지만, 여전히 그때의 그 공복감, 그리고 지금도 어디론가 필사적으로 달리고 싶은 열망이 늘 내 마음 한구석에 있는 것은 왜일까……."

워즈워스 하면 영문학도가 아니더라도 많은 사람들이 기억하는 〈무지개〉라는 유명한 시가 떠오른다.

하늘에 무지개 보면

내 가슴은 뛰노라

내 인생 시작되었을 때 그랬고

지금 어른이 돼서도 그러하며

늙어서도 그러하기를

그렇지 않으면 차라리 죽는 게 나으리

아이는 어른의 아버지

내 살아가는 나날이

자연에 대한 경외로 이어질 수 있다면.

아마 지금 민숙이가 안타깝게 그리워하는 것은 이 시가 말하는 것처럼, 늘 자연에 깨어 있는 아이 같은 마음, 무지개를 보고 뛰는 가슴, 아름다운 시를 읽고 감동을 느낄 줄 아는 마음인지도 모른다. 하루하루의 삶의 무게에 짓눌려 우리는 모두 그런 마음을 잃고 살아가기 때문이다.

그러나 민숙이의 편지는 결국 희망을 말하며 끝나고 있었다.

"그런데 참 이상하지? 지금 내 삶이 척박하고 힘들어도 누군가 내게 별과 꿈을 노래하던 시절로 다시 돌아가겠느냐고 물으면 아마도 쉽게 그러겠다고 할 수 없을 것 같아. 지금의 내 삶이 가치 없어 보이지만, 그래도 물오징어 삶는 내 손이 부끄럽지 않고, 저녁이면 다시 돌아올 가족이 있고, 그래, 난 기억해. 그 시의 다음 구절을.

초원의 빛이여, 꽃의 영광이여
그 시절이 다시 돌아오지 않은들 어떠리
우리는 슬퍼하지 않고
오히려 남아 있는 것에서 힘을 찾으리…….

워즈워스는 낭만주의의 효시가 된 그의 유명한 시집《서정시집Lyrical Ballads, 1798》의 서문에서 시인을 정의한다. "시인이란 인간의 본성을 지키는 바위 같은 존재이다. 그는 지지자요 보호자이고, 어디를 가든 정과 사랑을 지닌 사람이다"라고.

민숙이는 잡지나 신문에 이름이 나는 시인은 아닐지언정, '인간 본성을 옹호하는 바위 같은' 진정한 삶의 시인이 된 것 같다.

사흘만 볼 수 있다면…

영국 시인 윌리엄 블레이크는 화사한 봄날이면 나뭇가지마다 작은 천사들이 앉아 날갯짓을 하는 환상을 자주 보았다는데, 바로 오늘 같은 날을 두고 말했나 보다. 아직 바람은 차지만 춘분이 얼마 안 남아서 그런지 부서지는 햇빛 속에 마치 금테를 두른 듯 반짝이는 나뭇가지마다 연두색 봄기운이 감돈다. 이토록 투명하고 찬란한 봄날, 재능 있는 수필가라면 저절로 멋들어진 수필이라도 한 편 나올 법하다.

해마다 이맘때쯤이면 서강대 교수들은 소위 '업적 보고'라는 것을 한다. 지난 1년간의 학문적 교육적 업적을 점수로 환산하여 학교에 보고하는 것이다. 국내 학술지 논문 한 편에 100점, 전공 서적 한 권에 500점, 게다가 교육 활동도 점수에 들어가서, 학기 초에 교안을 제때 학생들에게 주었는지에 6점, 동아리 지도 활동에 5점 추가, 휴강을 하면 5점 마이너스, 열심히 덧셈, 곱셈을 하며 행여 점수 될 만한 일을 1점이라도 잊은 게 없는가 골똘히 생각해 보기도 한다.

그런데 점수 기준 평가표를 보면 재미있는 항목이 있다. '수필집, 또는 신문 칼럼을 묶어 낸 책은 고려 외' 즉 0점 처리라는 것이다. 재능은 없어도 가끔 '수필'이라고 명명할 수 있는 글을 쓰고 또 신문 칼럼을 쓰고 있으니, 나는 공교롭게도 업적 안 되는 일만 골라서 하고 있는 셈이다.

그런데 신문 칼럼은 그렇다 치고, 소설집, 시집이 권당 500점인 데 반해서 수필집은 0점이라는 것은 좀 그렇다. 아마도 수필은 학문과 별로 관계가 없고 재능과 노력이 없이 아무나 쓸 수 있는 것이라는 발상에서 나온 듯하다. 하긴 장영희 같은 사람이 기껏해야 '신변잡기'를 쓰고 나서 '수필'이라고 빡빡 우기면 곤란하니 그럴 법도 하지만, 제대로 된 수필은 진정한 의미에서 엄연한 문학의 한 장르이다. 물론 '수필'을 어떻게 정의하느냐가 문제이겠지만, 웬만한 작가들이나 사상가들 — 찰스

램, 버지니아 울프, 조지 오웰, 헨리 데이비드 소로, 제임스 서
버 등 ― 은 모두 위대한 수필가로도 알려져 있다.

그런데 이렇게 문학사에 큰 족적을 남긴 훌륭한 수필가들의
작품들보다도 내가 더 인상 깊게 읽은 수필은 〈사흘만 볼 수
있다면Three Days to See〉이라는 글이다. 세계적으로 유명한 잡지
《리더스 다이제스트》가 '20세기 최고의 수필'로 선정한 이 글
은 우리에게도 잘 알려진 헬렌 켈러의 작품이다. 시각과 청각
의 중복 장애를 극복한 인간 승리의 본보기로 알려져 있지만
그녀는 훌륭한 문필가이기도 했다.

"누구든 젊었을 때 며칠간만이라도 시력이나 청력을 잃어버
리는 경험을 하는 것은 큰 축복이라고 생각합니다"로 시작하는
이 글에서 켈러는 '단 사흘만이라도 볼 수 있다면'이라는 가정
하에 계획표를 짠다.

방금 숲속에서 산책하고 돌아온 친구에게 무엇을 보았냐고
물었더니 "뭐 특별한 것 못 봤어"라고 답하더라면서 켈러는 어
떻게 그것이 가능한가 질문한다.

"보지 못하는 나는 촉감만으로도 나뭇잎 하나하나의 섬세한
균형을 느낄 수 있습니다…… 봄이면 혹시 동면에서 깨어나는
자연의 첫 징조, 새순이라도 만져질까 살며시 나뭇가지를 쓰다

듬어봅니다. 아주 재수가 좋으면 한껏 노래하는 새의 행복한 전율을 느끼기도 합니다.

때로는 손으로 느끼는 이 모든 것을 눈으로 볼 수 있으면 하는 갈망에 사로잡힙니다. 촉감으로 그렇게 큰 기쁨을 느낄 수 있는데, 눈으로 보는 이 세상은 얼마나 아름다울까요. 그래서 꼭 사흘 동안이라도 볼 수 있다면 무엇이 제일 보고 싶은지 생각해 봅니다. 첫날은 친절과 우정으로 내 삶을 가치 있게 해준 사람들의 얼굴을 보고 싶습니다. 그리고 남이 읽어주는 것을 듣기만 했던, 내게 삶의 가장 깊숙한 수로를 전해준 책들을 보고 싶습니다.

오후에는 오랫동안 숲속을 거닐며 자연의 아름다움에 취해보겠습니다. 찬란한 노을을 볼 수 있다면, 그날 밤 아마 나는 잠을 자지 못할 겁니다. 둘째 날은 새벽에 일어나 밤이 낮으로 변하는 기적의 시간을 지켜보겠습니다. 그리고 이날 나는……."

이렇게 이어지는 켈러의 사흘간의 '환한 세상 계획표'는 그 갈증과 열망이 너무나 절절해서 멀쩡히 두 눈 뜨고도 제대로 보지 않고 사는 내게는 차라리 충격이다.

그래서 오늘같이 햇빛 화사한 날 업적 0점짜리 신문 칼럼이

나 쓰고 있어도 헬렌 켈러가 꼭 사흘만이라도 봤으면 좋겠다고 염원하는 이 세상을 나는 사흘이 아니라 석 달, 3년, 아니 어쩌다 재수 좋으면 아직 30년도 더 볼 수 있으니 내 마음은 100점으로 행복하다.

사랑하는 너에게

　이제 곧 검정 사각모에 가운을 멋지게 차려입고 이 세상 모든 사람들의 축복을 받으며 이냐시오 강당에 앉아 있을 너. 노고산 언덕 곳곳의 추억을 가슴속에 접고 학교라는 보호구역을 떠나 사회인으로 첫발을 내딛는 너는 지금 네 생애 가장 위대한 시작을 다짐하고 있다. 삶의 한 장章을 끝내고 좀 더 넓은 세계로 비상하는 문턱에 서 있는 네 얼굴은 미래에 대한 흥분과 희망으로 환하게 빛난다.

　그러나 지금 네가 들어가는 그 세상은 이제껏 책 속에서 보았던 것과는 너무나 동떨어진 곳인지도 모른다. 진리보다는 허위가, 선보다는 악이, 정의보다는 불의가 더 큰 목소리를 내고 이리저리 줄 바꿔 서는 기회주의, 호시탐탐 일확천금 찾아 헤매는 한탕주의, 두 손 놓고 자포자기하는 패배주의에 아직은 이상을 꿈꾸는 너는 길 잃고 방황하게 될지도 모른다.

《실낙원》을 쓴 밀턴은 "얼마나 오래 사느냐가 중요한 것이 아니라 얼마나 잘 사느냐가 중요하다"고 말했지만, 나도 스승으로서 네게 실망스럽지 않도록 '잘' 살았다고 자신 있게 말할 수는 없다. 그래도 "삶은 해답 없는 질문이지만 그래도 그 질문의 위엄성과 중요성을 믿기로 하자"는 테너시 윌리엄스의 말처럼 우리의 삶은 낭비하기에는 너무나 소중하다. 하루하루의 삶은 버겁지만 "삶이 주는 기쁨은 인간이 맞닥뜨리는 모든 고통과 역경에 맞설 수 있게 하고, 그것이야말로 삶을 가치 있게 만드는 것이다"라고 서머싯 몸은 말한다.

《세비야의 이발사》를 쓴 보마르셰는 묻는다. "사랑과 평화가 한 가슴속에 공존할 수 있는가? 청춘이 행복하지만은 않은 것은 이 끔찍한 선택을 해야 하기 때문이다. 평화 없는 사랑, 사랑 없는 평화 중 하나를 택해야 한다."

나는 네가 사랑 없는 평화보다는 평화가 없어도 사랑하는 삶을 선택해 주기를 바란다. 새뮤얼 버틀러가 말한 것처럼 "살아가는 일은 결국 사랑하는 일"인지도 모르기 때문이다. 헨리 제임스는 "한껏 살아야 한다. 그렇게 살지 않는 것은 잘못이다"라고 말한다. 알베르 카뮈는 더 나아가서 "눈물 날 정도로 혼신을 다해 살아라!"고 충고한다.《정글북》의 작가 러디어드 키플링은 "네가 세상을 보고 미소 지으면 세상은 너를 보고 함박웃음 짓고, 네가 세상을 보고 찡그리면 세상은 너에게 화를 낼 것이다"라고 했다. 너의 아름다운 신념, 너의 꿈, 야망으로 이 세상을 보고 웃어라.

꿈을 가져라. 네가 갖고 있는 꿈이 이루어질 가능성이 설사 1%뿐이라고 해도 꿈을 가져라. "불가능을 꿈꾸는 사람을 나는 사랑한다"는 괴테의 말을 되새겨라. 결국 우리네 모두의 삶은 이리저리 얽혀 있어서, 공존의 아름다움을 추구할 때에야 너의 삶이 더욱 빛나고 의미 있다는 진리도 가슴에 품어라.

그리고 삶이 너무나 힘들다고 생각될 때, 나는 고통 속에서도 투혼을 가지고 인내하는 용기, 하나의 목표를 위해 자신이 갖고 있는 모든 능력과 재능을 발휘해 포기하지 않고 정정당당하게 싸우는 너의 삶의 방식을 믿는다. 절망으로 넘어져도 다시 일어나서 걸을 수 있는 용기를 가져라.《톰 아저씨의 오두막》을 쓴 스토 부인은 "어려움이 닥치고 모든 일이 어긋난다고 느낄 때, 이제 1분도 더 견딜 수 없다는 생각이 들 때, 그래도 포기하지 말라. 바로 그때, 바로 그곳에서 다시 기회가 올 것이기 때문이다"라고 우리에게 충고한다.

네 삶의 주인은 너뿐이다. 너만이 네 안의 잠자는 거인을 깨울 수 있다. 서강에서 만났던 소중한 만남들, 이곳에서 보았던 너의 하늘, 너의 꿈, 너의 사랑을 마음속에 영원히 간직하거라. 네가 여기 머무르는 동안 너는 내게 젊은 지성과 끝없는 탐색으로 삶에 대한 열정과, 사랑하기를 두려워하지 않는 용기를 가르쳐주었다. 이제 세상에 나가 너의 젊음으로 낡은 생각들을 뒤엎고, 너의 패기로 세상의 잠든 영혼들을 깨우고, 너의 순수함으로 검은 양심들을 깨끗이 청소하고, 너의 사랑으로 외롭고 소외된 마음들을 한껏 보듬어라.

사랑하는 네게 이별을 고할 때다. 너의 승리의 행진이 시작되었다.

너의 아름다운 시작을 온 마음 다해 축하하며 서강과 함께
네 마음속에 새겨지고 싶은 너의 선생 장영희 씀

아, 멋진 지구여…

오늘 저녁 ABC 뉴스는 9월 11일 세계무역센터로 출근했다가 돌아오지 않는 아내를 찾아 여전히 거대한 잔해의 산 주위를 서성거리는 마이클이라는 남자를 인터뷰했다. 시신 식별 DNA 검사를 위해 아내의 칫솔을 소중하게 싸서 가져온 그는 눈물을 글썽이며 말했다. "그 끔찍한 날 아침으로 시간을 되돌릴 수 있다면 얼마나 좋을까요. 아침에 서로 직장 가느라 바빠 눈도 제대로 못 마주쳤습니다. 그 사람의 눈을 한 번만 더 볼 수 있다면, 그 사람을 한 번만 더 안을 수 있다면, 한 번만 더 사랑한다고 말할 수 있다면……."

돌이킬 수 없는 시간에 대해 '한 번만 더'를 외치는 그를 보며 나는 20세기 미국 문학 시간에 가끔 가르치는 손턴 와일더 Thornton Wilder, 1897~1975의 《우리 마을 Our Town, 1938》이라는 작품을 떠올렸다. 1938년 퓰리처상을 수상한 이래 새로운 연극 기법과 잘 짜여진 구성, 시적인 문체로 미국 연극사에서 확고한 위치를 차지하고 있는 작품이지만, 《우리 마을》은 이렇다 할 줄거리도, 극적인 요소도 없이 다만 제목 그대로 미국 뉴햄프셔주의 어느 작은 시골 마을의 일상을 묘사하고 있다.

　3막으로 되어 있는 연극이 시작하면 내레이터 겸 배우, 때로는 무대 위의 연출가 역할까지 하는 '무대 매니저'가 나타나 관중들에게 직접 그로버즈 코너즈라는 마을에 대해 설명을 한다. 마을의 지리, 인구, 건물들을 소개하며 두 이웃 기브스가와 웨브가의 하루를 보여준다. 아침이 되어 신문 배달부가 신문을 배달하고, 우유 배달부가 지나가고, 엄마들은 아이들을 깨워 아침을 먹여 학교에 보내고, 교회 합창 연습을 하고 아이들이 학교에서 돌아오는 등 하나도 특별할 것 없는 아주 평범한 하루이다. 2막의 제목은 '결혼', 몇 년이 흘러 이웃에서 함께 자란 에밀리 웨브와 조지 기브스의 결혼식 날이다. 딸을 시집보내며 섭섭해하는 친정 엄마, 분주한 준비, 들이닥치는 손님들, 그저 평범한 사람들의 평범한 결혼식 풍경이 묘사된다.

3막은 다시 몇 년이 흘러 둘째 아이를 낳다가 죽은 에밀리가 묻힌 묘지가 배경이다. 두고 온 세상에 미련이 남아 에밀리는 무대 매니저에게 꼭 하루만 다시 삶의 세계로 돌아갈 수 있게 해달라고 부탁하고, 자신의 열두 번째 생일로 돌아가는 것을 허락받는다. 아침밥을 잘 씹어 먹으라는 엄마의 잔소리, 출장에서 돌아오는 아버지, 이모와 조지에게서 온 생일 선물들……. 다시는 돌아오지 못할 지상에서의 하루를 살며 에밀리는 회한에 젖어 소리친다.

"엄마, 절 그냥 건성으로 보시지 말고 진정으로 봐 주세요. 지금으로부터 14년이 흘렀고, 저는 조지와 결혼했고, 그리고 이제 죽었어요. 월리도 캠프 갔다 오다가 맹장염으로 죽었잖아요. 하지만 지금, 바로 지금은 우리 모두 함께이고 행복해요. 우리 한 번 서로를 눈여겨보기로 해요."

그러나 물론 에밀리의 말을 들을 수 없는 웨브 부인은 기계적으로 이런저런 선물 설명을 하기 바쁘다. 에밀리는 견디다 못해 무대 매니저에게 말한다. "그냥 돌아가겠어요. 시간은 너무 빨리 흐르고, 우리는 서로를 제대로 쳐다볼 틈도 없어요. 안녕, 세상이여. 안녕, 그로버즈 코너즈, 엄마, 아빠, 똑딱거리는 시계, 엄마의 해바라기, 맛있는 음식, 커피. 그리고 갓 다림질한 옷, 뜨거운 목욕, 잠자리에 드는 것, 그리고 아침에 눈을 뜨는 것. 아, 지구여, 네가 얼마나 멋진 곳인 줄 알았더라면……."

서로 질시하고 싸우고 110층짜리 마천루가 삽시간에 무너지는 곳이지만, 새로운 생명이 태어나고 사랑하는 연인들이 있고 노을 진 단풍산이 저토록 아름다운 이 지구는 그래도 살 만한 곳인데, 항상 너무 늦게야 깨닫는 것이 우리들의 속성인지라 지금 바로 내 곁에 있는 사람들과 눈을 마주치고 진정으로 얘기를 나눌 틈도 없이 하루하루를 버겁게 살아간다.

마이클의 아내는 무너지는 세계무역센터에서 탈출하는 것이 불가능하다고 깨달았을 때 집 전화의 음성 사서함에 울먹이는 목소리로 남편에게 메시지를 남겼다고 했다. "당신을 내가 얼마나 사랑하는지 알아주세요"라고.

언젠가 《영혼을 위한 닭고기 수프》라는 책에서 본 한 구절이 생각난다.

"당신이 1분 후에 죽어야 하고 꼭 한 사람에게 전화할 수 있다면 누구에게 전화해서 무슨 말을 하겠습니까? 그렇게 마지막 순간까지 기다리겠습니까?"

하면 된다?

　주말에 설악산으로 여행을 다녀왔다면서 한 학생이 '하면 된다!'라고 쓰인 잿빛 자갈돌을 선물로 주고 갔다. '하면 된다!' — 학생에게 내색은 안 했지만 솔직히 내가 썩 좋아하는 말은 아니다. '하면 된다'는 말은 즉 '이 세상에 노력이 있는 한 불가능은 없다'는 뜻이다. 하지만 세상에 분명히 불가능은 존재하고, 그것을 어떤 식으로든 위장하는 것은 교육의 불성실이기 때문이다.

　아이로니컬한 것은 '하면 된다'라는 논리가 때로는 아무리 노력해도 '할 수 없는' 사람들에게 오히려 위압감이나 자괴감을 줄 뿐, '할 수 있는' 사람들의 편리한 자기 합리화나 자만을 불러일으킬 수 있다는 것이다. 극단적인 예가 되겠지만, 층계 하나를 못 올라가 곤혹스러워하는 휠체어 장애인에게 "당신은 할 수 있소!"라고 아무리 목청껏 외쳐도 그가 벌떡 일어나 걸어 올라갈 리 만무하다. 그만큼 개인적으로 아무리 강한 의지와 노력이 있어도 할 수 없는 부분을 채워주는 것은 사회의 책임이다.

지난주에는 《홀스토메르》라는 연극을 관람했다. 서강대 문과대학에는 한 학기에 한두 번씩 교수들과 학생들이 함께 문화행사에 참여하는 제도가 있다. 여러 가지 여건 때문에 문화생활과는 담을 쌓고 살고 있는 나지만, 이번 학기에는 오랜만에 나도 한몫 끼고 싶었다. 목발 짚은 사람도 갈 수 있는지 극장에 전화했더니 엘리베이터가 설치되어 있고, 장애인에 대한 특별 배려가 있다고 했다.

그러나 막상 극장에 가보니 엘리베이터가 있다고는 하나 높은 턱 때문에 그곳까지 갈 수가 없었고, 관람석까지 가기 위해서는 지하로 통하는 긴 층계를 한참 내려가야 했다. 할 수 없이 학생들의 도움을 받으며 가까스로 내려갔지만, 내 좌석은 다시 높은 계단을 서너 개 올라가야 했다. 그 계단을 올라갈 수 없어 결국은 극장 측에서 지정석 표를 갖지 않은 관객들을 위해 가장자리에 놓은 간이용 의자에 앉아 연극을 관람했다.

《홀스토메르》는 톨스토이Leo Tolstoy, 1828~1920의 〈어느 말에 관한 이야기〉라는 우화를 음악극으로 만든 것이다. 홀스토메르는 혈통 있고 골격이 튼튼한 좋은 말이지만 얼룩빼기라는 이유로 천대받고 사랑하는 바조프리아에게서도 버림받는다. 그러나 독특한 취향을 가진 공작 세르흡스키의 눈에 띄어 그는 공작 소유의 경주마로 변신한다. 경마에서 다른 명마들을 제치고 우승을 하는 등 2년 동안 행복한 세월을 보내지만, 공작의 연인이 다른 남자와 도망치는 것을 추격하다가 몸을 다쳐 공작에게서도 버림받는다. 이후 홀스토메르는 이곳저곳을 전전하다가 만신창이가 된 몸으로 결국 자신이 태어난 마구간으로 다시 팔려 오지만, 다른 말들과 다르게 얼룩빼기인 데다 늙고 병들었다는 이유로 젊은 말들에게 조롱과 폭행을 당한다.

결국 《홀스토메르》는 인간에 관한 이야기다. 인생의 끝에서 어김없이 맞닥뜨려야 하는 늙음과 죽음이기에 어떻게 살아야 하는가에 대한 문제를 다시 한번 돌이키게 한다. 말의 몸짓과 소리를 그대로 표현하는 배우들의 모습이 인상적이었는데, 그중에서도 홀스토메르로 분한 유인촌 씨는 명성답게 훌륭한 연기로 혈기 왕성한 젊은 말과 볼썽사나운 늙은 말 사이를 종횡무진 오갔다.

연극이 끝나고 나는 다시 학생들의 도움을 받으며 에베레스트를 등정하듯이 층계를 올라왔다. 그러면서 얼룩빼기 말 홀스토메르의 대사를 생각했다.

"늙은 것에 대해 대가를 치르라면 그렇게 하겠다. 그러나 나는 이제껏 누구에게도 악행을 저지른 적이 없다. 늙고 병들고 불구자가 된 것이 내 허물은 아니잖나?"

그때 마침 옷을 갈아입고 나가던 유인촌 씨가 힘겹게 층계를 올라오고 있는 나를 보았다. 초면이었지만 본인의 이름이 붙은 극장에서 장애인이 층계 때문에 고생하는 모습이 안돼 보였던지 그는 펄쩍 뛰며 사양하는 나를 들쳐 업고 층계를 올랐다. 유명한 배우에게 업혔다고 우리 학생들은 환호하고 재미있어했지만, 그리고 마음으로 많이 고마웠지만, 그래도 내 입장에서는 우아하게 엘리베이터를 타고 갈 수 있었다면 훨씬 더 좋았을 것이다.

그래도 학생이 나를 생각하고 사다 준 '하면 된다!'고 쓰인 자갈돌을 나는 버리지 않고 책상 위에 놓아두었다. 아무리 노력해도 안 되는 사람을 옆에서 붙들어주고 업어주는 그런 마음

이 있는 한, 모든 사람의 노력이 헛되지 않고 '하면 되는' 사회
가 곧 오리라는 믿음의 표시로⋯⋯.

무엇을 위하여 사는가

　지난 10여 년간 19세기 미국 문학을 강의할 때마다《월든 *Walden*, 1854》을 가르쳤으면서도 정작 월든 호수를 본 것은 이번이 처음이었다. 파란 하늘을 배경으로 눈처럼 떨어지는 낙엽 사이로 단풍 숲이 그대로 비친 호수는 신의 손길이 아니고는 도저히 창조할 수 없는 완벽한 아름다움이었다.

　1845년 헨리 데이비드 소로Henry David Thoreau, 1817~1862가 직접 오두막을 짓고 계절에 따른 호수와 숲의 변화를 관찰하며 진정 가치 있는 인생과 진리에 관해 사색한 책《월든》은 그의 자아 여행의 기행문이라고 할 수 있다. 실제로는 2년 2개월

2일 동안 그곳에서 살았지만, 사계절로 압축하여 이른 봄에서 시작하여 다음 해 봄에 이르기까지, 가장 기본적인 경제·사회 생활만을 유지하면서 자연 속에서 어떻게 우주와 신과의 합일을 이루고 진리를 추구했는지 자신의 직접적인 체험을 독자에게 전하고 있다. 아름다운 이미지, 유려한 문체뿐만 아니라 정신적 황무지에 사는 현대인의 영혼 지침서로서 《월든》은 한 번도 소위 말하는 문학도의 필독서, '정전正典'에서 제외되는 일이 없지만, 요즈음 문학과 환경학의 연계가 대두되며 더욱 부상하는 작품이다.

'나는 어디에 살았고, 무엇을 위하여 살았는가'는 이 책 제2장의 제목이다. 다시 한번 《월든》을 읽으며 나는 이제 내리막길로 들어선 내 인생 여정에서 한 번쯤 짚고 넘어가야 할 질문이라고 생각했다. '어디에 살았는가.' 이에 대한 답은 확실하다. 유학을 했던 6년, 그리고 보스턴에서 안식년을 보내고 있는 올해를 제외하고 나는 서울에서 태어나 일생 동안 서울에서 살았다.

그러나 두 번째 질문, '무엇을 위해 살았는가?'에 대한 답은 궁하다. 소로는 이 질문에 관한 답을 다음과 같이 한다. "나는 주도면밀하게 살고 싶었다. 군더더기를 다 떼어낸 삶의 정수만을 대면하고 삶이 가르쳐주는 바를 배우고 죽을 때가 되어 내가 진정으로 살았구나, 하는 느낌을 갖고 싶어 나는 숲으로 들어갔다." 그리고 월든에서 그는 "삶의 골수까지 빨아내는" 방법을 터득하고 영혼적으로 새롭게 태어났다는 것이다. 그래서 《월든》은 '무엇을 위해 살았는가'라는 질문에 대한 소로의 모범 답안이다.

죽을 때가 되어 나도 "내가 진정 살았구나"라고 말할 수 있을까? 여기서 '산다'는 것은 그냥 숨쉬고 신진대사하는 물리적인 생명 유지가 아닐진대, 참다운 목적의식을 갖고 가치 있는 삶을 살았는가에 대한 질문에 확신에 찬 답을 할 자신이 나는 없다.

'무엇을 위해 살았는가?' 아니 '무엇을 위해 살고 있는가?' 돈을 위해 사는가? 분명 그렇지 않다. 딸린 식구 없으니 교수 월급이 넘치도록 충분하고 게다가 요새는 신문사에서 주는 원고료까지, 돈을 더 벌고 싶다는 욕망을 가진 적은 별로 없다. 그럼 명예나 권력? 그것도 아니다. 맹세컨대 나는 한 번도 '유명한' 사람이 되고 싶다는 바람을 가진 적도, 그렇게 되려고 노력을 한 적도 없다.

그렇다면 나는 무엇을 위해 사는가? 타향에서 깊어가는 가을이 내게 던진 화두였다.

그런데 오늘 들어온 이메일 메시지에서 선숙이가 어렴풋이

나마 답을 주었다. 월급 많이 주는 직장을 그만두고 가난한 아이들을 가르치기 위해 키부츠로 떠난다는 선숙이는 "선생님, 아이들을 가르칠 책, 게임 등을 준비하며 그 어느 때보다 마음이 기쁩니다"라고 쓰고 있었다. 편한 삶을 두고 고생길을 자처하고 나서는 제자가 한편으로 안쓰러우면서 또 한편으로는 나름대로 '무엇을 위해 사는가'를 발견한 것 같아 대견했다.

그러다 문득 생각이 났다. 나는 백번 죽었다 깨어나도 소로나 디킨슨같이 위대한 작가가 될 수 없지만, 내가 가르치는 작품들을 통해 나의 학생들이 올곧고 가치 있는 삶의 실마리를 찾는다면 나의 삶도 완전한 낭비는 아니리라.

소로는 어느 농부의 부엌에 놓여 있던 식탁 속의 마른 잎에서 60년 전 사과나무의 알이 부화되어 나비가 되어 날아 나오는 아름다운 부활의 이미지로 책을 맺는다.

속절없이 세월은 흘러 또 한 해가 저물어가지만, 이제 얼마 후면 다시 돌아갈 내 자리가 소중하고 어김없이 다시 찾아올 찬란한 부활의 봄을 기약하는 겨울이 춥지만은 않을 것 같다.

진정한 행복

가끔, 무심히 들은 한마디 말, 우연히 펼친 책에서 얼핏 본 문장 하나, 별생각 없이 들은 노래 하나가 마음에 큰 진동을 줄 때가 있다. 아니, 아예 삶의 행로를 바꾸어놓을 수도 있다.

어느 잡지에서 목포의 어느 카바레 악단에서 트럼펫 연주를 하고 있는 유 선생이라는 사람이 쓴 수기를 읽었다. 그는 청소년 시절부터 절도·강간 등, 각종 범죄를 짓고 10여 년간 감옥을 들락거리다가 어느 날 아홉 번째 다시 감옥으로 후송되는 경찰차의 뒷좌석에 앉아 있었다. 밖은 이미 어두웠고, 그는 창밖으로 이제 앞으로 몇 년 동안 보지 못할 휘황찬란한 네온사인들을 내다보고 있었다.

그때 마침 라디오에서 김세화의 '눈물로 쓴 편지'가 흘러나왔다.

"눈물로 쓴 편지는 읽을 수가 없어요. 눈물은 보이지 않으니까요. 눈물로 쓴 편지는 고칠 수가 없어요……."

순간 애잔한 그 노랫소리가 그의 영혼의 지축을 흔들었다. 마치 신의 계시처럼, 자신이 너무나 삶을 낭비하고 있다는 회한의 눈물이 쏟아졌다. 후송차에서 내릴 때 그는 새사람이 되어 있었다.

그는 모범수가 되어 각종 갱생 프로그램에 참여하여 여러 가지 악기를 배웠고, 지금은 행복한 가장으로 쉬는 날이면 아들과 함께 양로원이나 고아원을 찾아다니며 연주회를 가진다. 유선생은 "그 노래를 부른 가수는 꿈에도 모르겠지만, 그 노래는 내 영혼의 구원자였다. 그 노래를 듣지 못했다면 아마 나는 아직 감옥에 있거나 아니면 이 세상에 해만 끼치는 사람이 되어 있을 것이다"라고 수기를 맺고 있었다.

'모르는 사이에 다른 사람의 영혼을 구한 일'— 이것은 영국 빅토리아조의 대표 시인 로버트 브라우닝Robert Browning, 1812~1889이 쓴 극시 《피파가 지나간다Pippa Passes, 1841》의 주제이기도 하다.

베니스의 실크 공장에서 일하는 가난한 소녀 피파는 1년 중 단 하루 있는 휴가 날 아침, 한껏 희망과 기대에 차서 잠자리에서 일어난다. 〈아침의 노래〉 또는 〈봄의 노래〉라는 제목으로 영어 교과서에 자주 인용되는 시는 사실은 이 장시長詩의 제일 첫 부분이다.

계절은 봄이고

하루 중 아침

아침 일곱 시

진주 같은 이슬 언덕 따라 맺히고

종달새는 창공을 난다

달팽이는 가시나무 위에

하느님은 하늘에

이 세상 모든 것이 평화롭다.

피파는 이 마을에서 가장 '행복한' 네 사람의 삶을 동경하며 차례차례 그들의 창 밑을 지나며 마음에서 우러나오는 기쁨의 노래를 부른다. 그러나 피파가 부와 권력을 기준으로 '행복'하다고 생각하는 이들은 사실 제각기 극심한 고통의 시간을 보내고 있었다. 그리고 피파의 노래는 사실 이들의 영혼을 구하는데 결정적인 역할을 한다.

불륜을 범하고 살인까지 한 오티마와 세발드는 피파의 노래를 듣고 자신들의 죄를 회개, 자백하기로 결심하고, 속아서 창녀의 딸과 결혼한 줄스는 아내를 버리려다가 피파의 노랫소리에 새로운 사랑을 발견한다. 또 난폭한 폭군을 암살하려던 계획을 포기하려던 루이기는 피파의 노랫소리에 다시 자신의 이상과 사명을 깨닫는가 하면, 속세의 악에 항복하려던 늙은 성직자는 피파의 노래를 듣고 자신을 재무장한다.

날이 저물고, 자신이 네 사람의 영혼을 구한 것도 모른 채 피파는 단 하루뿐인 휴가를 헛되이 보낸 것을 슬퍼하며 고달픈 내일을 위해 다시 잠자리에 든다.

어차피 이 세상에 태어났으니 우리는 누구나 불행하기보다 행복하게 살기를 원한다. 그리고 그 행복이라는 걸 얻기 위해 남보다 더 많은 재산을 차지하고 남보다 더 큰 권력 한번 잡아보겠다고 세상은 늘상 시끌벅적하다. 그렇지만 이 작품은 행복의 조건은 결국 우리들이 획일적으로 갖다 대는 잣대 — 돈, 권력, 명예 등과는 상관이 없다는 주제를 전하고 있다.

재미있는 것은 우리는 눈을 뜨고 있는 동안 내내 행복을 추구하지만, 막상 우리가 원하던 행복을 획득하면 그 행복을 느끼는 것은 한순간이라는 것이다. 일단 그 행복에 익숙해지면 그것은 더 이상 행복이 아니기 때문이다. 그래서 행복에 관한 한 우리는 지독한 변덕꾸러기이고 절대적 행복, 영원한 행복이란 없는 듯하다.

그러니 우리는 행복을 그토록 원하면서 진정한 행복이 무엇인지 모르고 산다. 간혹 피파처럼 자신이 남에게 준 행복을 깨닫지 못할 때도 있다. 하지만 새삼 생각해 보면 행복은 어마어마한 가치나 위대한 성취에 달린 것이 아니라 우리들이 별로 중요하게 생각지 않는 작은 순간들 ― 무심히 건넨 한마디 말, 별생각 없이 내민 손, 은연중에 내비친 작은 미소 속에 보석처럼 숨어 있는지도 모른다.

6

"나는 늘 넓은 호밀밭에서 재미있게 노는
꼬마들의 모습을 상상하곤 했어.
난 아득한 절벽 옆에 서 있어. 내가 할 일은 아이들이
절벽으로 떨어질 것 같으면 재빨리 잡는 거야.
…… 말하자면 호밀밭의 파수꾼이 되고 싶다고나 할까."

- J.D. 샐린저

Paula Modersohn-Becker, *Boy On The Way Under Birch Trees*, 1900

우리는 어디로 가는가

같은 학교에서 근무하는 외국인 선생님이 재미있는 말씀을
하셨다. 50년 전에 쓰인 미국 소설 속에 나오는 뉴욕이나 시카
고는 지금의 그 도시들과 그다지 차이가 없는데, 같은 시기에
쓰인 우리나라 소설에 나오는 서울의 모습은 지금의 서울과 비
교해 볼 때 도저히 상상조차 할 수가 없다는 것이다. 초가집에
우마차, 도시 군데군데 장이 서고, 한복 입은 사람들, 전차, 물
지게, 상투에 갓 쓴 할아버지 등등…… 좀처럼 같은 도시라고
믿어지지 않는다고 했다. 지난 50여 년간, 전쟁 직후의 폐허에
서 지금까지 우리의 모습이 그만큼 많이 변했다는 증거이다.

그러니 초등학교 3학년 조카가 '보릿고개'가 뭐냐고 묻는 것
도 당연하다. 그 말을 들어본 지가 나도 까마득하다. 내가 어렸
을 때만 해도 해마다 4월쯤이면 농촌에서 가을에 추수한 쌀이
동나고 보리 거둘 때까지의 배고픔을 견뎌야 하는 '보릿고개'
라는 말이 낯설지 않았다.

이맘때쯤이면 70년대의 나의 대학 시절도 생각난다. 시골에
서 유학 온 몇몇 남학생들은 분납으로 등록금을 내고 고향에서
하숙비가 올라오기를 고대하며 물들인 군용 잠바에 청바지 뒷
주머니에 칫솔 하나 꽂고 친구 집을 전전했다. 시계 잡혀 책 사
고 남은 돈으로 술 사 먹고 결국 주머니에 먼지만 풀풀 날리면
"아, 4월은 잔인한 달 / 죽은 땅에서 라일락을 키워내고 / 추억과
욕정을 뒤섞고 / 잠든 뿌리를 봄비로 깨운다 / 겨울은 오히려 따
뜻했다 / 망각의 눈으로 대지를 덮고 / 마른 구근球根으로 가냘픈
생명을 키워왔다"라고 읊던 친구도 있었다.

아니, 배고프지 않고 돈 있어도 4월은 우리 모두에게 잔인한
달이었다. 개강하고 한 달 정도 지나면 어김없이 모든 대학에
는 다시 휴교령이 내리고 캠퍼스에는 탱크가 들어와 정문을 지
켰다. 최루탄 가스로 눈물 콧물 범벅이 되어 경찰에 쫓기고 포
승에 묶여 잡혀가는 친구의 모습을 보며 젊음 자체의 무게뿐만

아니라 시대의 아픔까지도 몽땅 짊어진 우리에게 4월은 너무나 잔인한 달이었다.

그때보다 배부르고 편리한 세상이 되었어도 여전히 매년 4월이 되면 T. S. 엘리엇Thomas Stearns Eliot, 1888~1965의 《황무지*The Waste Land*, 1922》의 첫 행 '4월은 잔인한 달……'은 여러 맥락에서 자주 인용된다. 이렇게 일반적으로 잘 알려져 있고 20세기 모더니즘을 대표하는 시지만, 《황무지》는 방대한 양의 상징과 광범위한 인유를 담아 쉽게 다가갈 수 없는 난해한 시이다.

'죽은 자의 매장', '체스 게임', '불의 설교', '물로 인한 죽음', '천둥이 말한 것'의 5부로 나눠진 이 433행의 장시는 제1차 세계대전의 폐해와 유럽 문명의 중심인 런던에서 메마르고 생명이 없는 듯한 일상을 꾸려가는 사람들의 삶을 묘사한다. 그러므로 《황무지》는 전쟁 후의 시대적 환멸과 허무 사상을 바탕으로 현대 문명의 불모성을 주제로 하고 있다(그러나 사실 엘리엇 자신은 이 같은 해석을 거부하고, '자신의 사사로운 감정을 해소하기 위해 쓴 시'에 불과하다고 밝히기도 했다).

사실 '4월은 잔인한 달'이라는 말은 우리가 편의에 따라 인용하는 것처럼 단순히 문자 그대로의 의미는 아니다. 자연 속의 삼라만상이 재생과 부활을 경험하는 4월, 인간도 죽음의 평화로운 잠에서 깨어나 다시 끝없이 되풀이되는 삶의 순환으로 들어가야 하는 부담과 고통을 역설적으로 묘사하고 있다. 즉 욕망만이 가득하고 영혼적 결실이 없는 "마른 뼈들만이 서걱거리는" 불모의 땅에는 의사소통이 단절된 삶, 남녀 간의 의미 없는 사랑과 성, 거짓 예언만이 설치고, 서구 문명의 정신적 지주인 그리스도교도 이제는 마지막 보루 역할을 하지 못한다.

그러므로 《황무지》는 육체의 생명이 부활해도 다시 새롭게 영혼의 생명을 피워낼 수 없는 현대 문명에 대한 시인의 진단이다.

엘리엇이 《황무지》를 쓴 지 81년 후, 21세기의 새로운 황무지에서는 아비규환의 이라크 모래바람이 일고, 최첨단 무기가 몇천 년 묵은 거대한 문명을 순식간에 파괴하고, 가증스러운 탐욕과 괴질이 난무한다.

잔인한 4월, 꽃천지 속에서 새로운 생명의 행진은 다시 시작되는데, 지금 우리는 어디로 가고 있는가.

이 세상의 파수꾼

어느 지인에게서 들은 이야기다. 어떤 사람이 새 자전거를 닦고 있는데 한 아이가 다가와 호기심 어린 눈으로 구경을 했다. 아이는 자전거 주인에게 슬며시 물었다.

"아저씨, 이 자전거 비싸요?"

그러자 자전거 주인이 대답해 주었다. "몰라, 이 자전거는 우리 형님이 주신 거란다." 그 말이 끝나자마자 아이는 부럽다는 듯, "나도……"라고 말을 꺼내는 것이었다. 자전거 주인은 당연히 아이가 "나도 그런 형이 있어서 이런 자전거를 받았으면 좋겠다"라고 말할 줄 알았다. 그런데 아이의 말은 뜻밖이었다.

"나도 그런 형이 될 수 있었으면 좋겠어요. 내 동생은 심장병이 있는데, 조금만 움직여도 숨을 헐떡여요. 나도 내 동생에게 이런 멋진 자전거를 주고 싶은데요."

동생을 사랑하는 그 아이의 착함도 착함이지만, 이 이야기 속에서 나는 어른과 아이의 생각의 차이를 본다. 자전거 주인이 아이의 생각을 제대로 알아채지 못한 것은 늘 무엇인가를 남으로부터 획득해서 나의 소유로 만들고 싶은 어른들 생각을 아이에게 투사했기 때문일 것이다. 그래서 아이에서 어른이 되어간다는 것은 이런 어린아이의 열린 마음을 점점 잃어버리고 나만의 성을 쌓아가며 하나씩 마음의 문을 닫아 거는 과정인지도 모른다.

지난 26일 자 어느 일간지에는 "장애인 학교의 직업교육 시설 이전 계획에 반발한 서울 Y초등학교 학부모들이 개학 첫날인 25일부터 다시 학생들의 무기한 등교 거부에 나섰다. 교육부는 지난해 9월 서울 맹학교 시설이 낡은 데다 그 지역이 건물을 증축할 수 없는 풍치 지구여서, 맹학교의 직업교육 시설을 Y초등학교 안의 일부 부지로 이전하기로 결정했던 바 있다"는 짤막한 기사가 있었다.

놀라운 것은 등교하는 학생들까지도 학부모들이 학교 앞에서 가로막고 돌려보냈다는 것이다.

　물론 마땅한 이유가 있었겠지만, 아니 아무런 이유 없이 그냥 무조건 싫은 것이라도 할 수 없는 노릇이지만, 무심히 지나치기에는 너무나 가슴 아픈 이야기다. 어른들의 닫힌 마음으로 아이들의 열린 마음까지 꽁꽁 걸어 잠그는 것이나 마찬가지이기 때문이다.

　미국 작가 J. D. 샐린저Jermone David Salinger, 1919~2010의 대표작 《호밀밭의 파수꾼The Catcher in the Rye, 1951》은 소위 '문제 청소년'인 주인공 홀든 콜필드가 세 번째로 옮겨간 고등학교에서 다시 퇴학당하고 집으로 돌아오기까지 사흘 동안의 행적을 기록한 1인칭 소설이다. 홀든은 뉴욕의 뒷골목을 떠돌며 오염된 현실 세계를 경험하고 지독한 상실감을 맛본다. 사흘 동안 거리에서 만난 사람들은 한결같이 위선적이고 신뢰할 수 없는 기성세대이다. 홀든은 인간 불신의 원인은 언어 자체라고 생각, 허위로 가득 찬 세상을 떠나 한적한 숲속에서 누구와도 말을 나누지 않고 살기로 결심한다. 그러나 그는 결국 여동생 피비의 절대적인 신뢰와 사랑에서 구원을 발견하고 집으로 돌아간다.

　미래에 무엇이 되고 싶으냐는 피비의 질문에 홀든은 대답한다.

"나는 늘 넓은 호밀밭에서 재미있게 노는 꼬마들의 모습을 상상하곤 했어. 난 아득한 절벽 옆에 서 있어. 내가 할 일은 아이들이 절벽으로 떨어질 것 같으면 재빨리 잡는 거야. …… 말하자면 호밀밭의 파수꾼이 되고 싶다고나 할까."

그러나 결국 어른들의 세계에 환멸을 느끼고 절망 끝에 절벽으로 떨어지려는 '호밀밭의 파수꾼' 홀든을 지켜주는 것은 피비의 순수하고 맑은 영혼이라는 점이 이 소설의 아이러니입니다.

앞을 보지 못하는 학생들 가까이에서 공부할 수 없으니 학교에 가지 말라는 어른들의 말을 어린 학생들은 어떻게 이해했을까. 그런 아이들이 자라면 이 세상은 아무리 잘난 사람이라도 누구나 조금씩의 모자람, 불편함을 갖고 있어서 서로 양보하고 서로 도우며 살아가는 곳이고, 그것만이 이 세상을 지키는 진정한 파수꾼이라는 걸 깨달을 수 있을까.

사랑과 친절은 부메랑 같아서 베풀면 언젠가는 꼭 내게 다시 돌아온다는 것, 그래서 결국은 사랑하지 못하는 마음이야말로 이 세상을 살아가는 데 가장 불편한 장애라는 것을 이해할 수 있을까.

11월의 영혼

"내 이름은 이스마엘이다……. 내 입가에 우울한 빛이 떠돌 때, 관을 쌓아두는 창고 앞에서 저절로 발길이 멈춰질 때, 즉 내 영혼에 축축하게 가랑비 오는 11월이 오면 나는 빨리 바다로 가야 한다는 것을 안다."

위의 글은 19세기 미국 작가 허먼 멜빌Herman Melville, 1819~1891이 쓴 유명한 소설《백경Moby-Dick, 1851》의 시작 부분이다. 오늘같이 부슬부슬 가을비 오는 날이면 나는 이스마엘이 말하는 '11월의 영혼'이 생각난다. 외롭게 방황하는 영혼이 느끼는 자살 충동을 왜 하필이면 11월에 비유했을까. 10월의 자지러질 듯 화려한 세상은 어쩐지 그냥 떠나버리자니 너무 허무하고, 12월은 다가오는 새해와 함께 불현듯 스러졌던 희망이 다시 생기는 달이지만, 천지에 죽은 낙엽만 뒹구는 11월은 어쩐지 잊힌 본능처럼 죽음을 생각하기에 걸맞은 때인지도 모른다. 그래서 이스마엘은 영혼을 옥죄는 듯한 뭍을 떠나 자유의 세계, 바다로 가고 그곳에서 포경선 '피쿼드'호를 탄다.

피쿼드호의 선장 에이하브는 자기의 한쪽 다리를 앗아간 흰고래 모비딕을 쫓아 오대양을 누빈다. 선원들에게도 백경에 대한 증오심을 불러일으켜 무슨 수를 써서라도 백경을 포획할 것을 명하고, 오직 모비딕의 경로를 따라 배를 운항한다. 드디어 백경이 모습을 드러내고 에이하브는 3일간의 사투 끝에 백경의 거대한 등 위에 작살을 내리꽂지만 결국 헴프 줄에 엉켜 죽고, 피쿼드호는 바다의 소용돌이 속에 가라앉는다. 선원 전원이 배와 함께 가라앉고, 혼자 살아남은 이스마엘이 이 이야기를 전한다.

고래 뼈 의족에 잘린 다리를 지탱한 채 복수심에 불타 광인처럼 백경을 쫓는 에이하브는 자신이 모비딕을 쫓는 이유를 다음과 같이 천명한다.

"이 세상에 보이는 모든 사물들은 마분지 가면일 뿐이다. 이 세상에서 일어나는 모든 사건 속에는 알 수 없는, 그렇지만 분명히 계획적인 어떤 힘이 그 무심한 가면 뒤에서 은밀히 움직인다. 죄수가 벽을 쳐부수지 않고 어떻게 자유로워질 수 있는가. 그 흰 고래는 나를 밀어붙이는 바로 그 벽이다. 그것이야말로 내가 증오하는 것이다. 내게 신성모독이라고 얘기하지 말라. 날 모욕한다면 태양이라도 쳐부수겠다! 진리에는 한계가 없다."

이렇듯 에이하브의 적수는 자신의 다리를 앗아간 백경 자체라기보다는 백경이 상징하는 추상적인 힘이다. 인간을 비웃고, 얽매고, 그보다 더욱 두렵게 인간에게 무관심해 보이는 그 모호한 존재의 정체를 밝히겠다는 것이다. 공허한 가면극 속의 엑스트라 같은 인간, 아름답지만 변화무쌍한 가면 뒤에 숨어 인간을 조롱하는 힘에 대항해 분연히 일어나는 에이하브는 복종과 타협에 익숙한 우리에게는 영웅이다.

그래서 《백경》은 흰 고래와 에이하브가 벌이는 한 판 승부이다. 그러나 결국 이 소설은 이 승부를 관찰하고 해석해서 우리에게 전하는 1인칭 화자 이스마엘의 이야기라고 볼 수 있다. '11월의 영혼'을 치유하기 위해 바다로 간 이스마엘은 한낱 미물 같은 인간이기를 거부하고 알 수 없는 힘에 봉기하는 에이하브에게 매력을 느끼지만, 포경선에서 새롭게 만난 퀴퀘그라는 인디언 친구와의 진정한 우정을 통해 다시 세상과의 다리를 놓는다.

찾을 수 없는 답을 찾고자 고뇌하는 에이하브의 추구는 영웅적이지만 무모하고, 자기의 목적을 달성하기 위해 인간애까지 저버리는 그의 광적인 추구에 회의를 느끼기 때문이다. 책의 마지막에서 이제 잔잔해진 바다 위에 퀴퀘그가 만들어놓았던 관을 타고 살아남는 이스마엘은 더 이상 '11월의 영혼'에 대해 말하지 않는다.

이스마엘이 피쿼드호에서 배운 것은 인간과 인간이 서로 맞잡는 손이야말로 그 어떤 추상적 진리보다 더 위대하고 궁극적 구원에 이르는 방편이라는 것이다. 멜빌은 자신이 읽던 책에 "나는 머리만 있는 주피터보다는 마음만 있는 바보가 되겠다"고 적어놓은 적이 있다.

영혼의 난쟁이들인 우리들은 하루하루 지리멸렬하게 살아가며 에이하브의 근처에도 가지 못하지만, 바보 같더라도 서로 따뜻한 마음을 나누면 홀로 우뚝 선 영웅의 삶보다 더욱 가치 있다는 말일 것이다.

P.S. Krøyer, *Månelys over Skagen Strand*, 1899

마음의 전령, '손'

　며칠 전 동생이 혼자 외출할 일이 있어 내가 초등학교 2학년 짜리 조카 건우를 데리고 학교에 간 일이 있었다. 건우를 연구실에 남겨두고 잠깐 회의에 다녀오니 건우는 심심했던지 노란색 포스트잇에 그림을 그려서 책꽂이 한 면에 가득 붙여놓고 있었다. 포스트잇마다 나를 그려놓았는데 재미있는 것은 모두가 실제의 내가 아니라 상상 속의 나, 즉 목발을 짚지 않은 나를 그린 것이었다. 각 그림에는 '치마 입은 둘째 이모', '머리 긴 둘째 이모', '꽃다발 든 둘째 이모' 등등의 제목을 붙여놓았는데 밑 쪽에 '내 손 잡은 둘째 이모'라는 그림이 눈에 띄었다.

건우와 내가 함께 손을 잡고 걷고 있는 그림이었다. 사실 그것은 조금 슬픈 그림이었다. 건우는 나와 함께 걸을 때마다 손을 잡고 싶어 하지만 내가 목발을 잡아야 하니 손을 잡지 못하는 데다가 혹시 내가 걸려 넘어질까 봐 옆에서 가까이 걷지도 못하게 하기 때문이다. 그러니 건우는 늘 내 뒤를 바짝 따라오면서 좀 어색하게 느꼈던 모양이다.

일생 동안 목발을 짚고 다녔으니 이젠 익숙해졌지만 그래도 가끔 불편을 느끼는 것은 목발 자체가 아니라 걸으면서 양손을 쓸 수 없다는 사실이다. 예컨대 가방을 들고 다니지 못할뿐더러 우산을 쓸 수도 없고, 아무리 잡고 싶어도 어린 조카의 손을 잡고 걸을 수가 없다.

그건 운전할 때도 마찬가지이다. 다리를 쓰지 못하니 왼손은 핸들을, 오른손은 핸드 컨트롤을 잡고 있어야 하기 때문에 운행 중에 휴대폰을 쓸 수 없는 것은 물론 라디오를 켜거나 창문을 내리거나 몸 어디가 가려워도 긁을 수가 없다. 누가 길을 양보해 주면 나도 남들처럼 손을 들어 고맙다는 표시를 하고 싶지만 그것도 못 한다.

몸 가려운 것은 좀 참으면 되고, 라디오를 못 켠다고 해서 무슨 큰일이 나는 것도 아니지만 그래도 남이 아무렇지도 않게 하는 일을 나는 못 하니 상대적 박탈감을 느끼는 것은 사실이다.

미국 작가 셔우드 앤더슨Sherwood Anderson, 1876~1941의 대표작
《와인즈버그, 오하이오Winesburg, Ohio, 1919》는 스물세 개의 단편
을 모아놓은 책인데 그 첫 번째 이야기 제목이 〈손The Hand〉이
다. 일명《괴상한 사람들》로 불리기도 하는 이 작품은 오하이
오주의 가상 마을인 와인즈버그에 거주하는 독특한 성격을 갖
거나 이상한 상황에 처한 '괴상한' 사람들을 묘사하고 있다.

〈손〉의 주인공 윙 비들바움은 20년 전 와인즈버그로 흘러들
어 오기 전에는 초등학교 선생님이었다. 그는 학생들을 사랑했
고 학생들도 그를 따랐다. "소년들의 마음에 꿈을 불어넣어 주
려는" 의도에서 학생들의 어깨를 어루만지거나 머리를 쓰다듬
어주지만, 한 학생이 "차마 말로 표현할 수 없는 일"을 꿈속에
서 상상하고 현실로 착각, 소문을 퍼뜨리는 바람에 결국 자기
가 살던 마을에서 쫓겨난다. 이후 그는 "그 손을 내밀지 마라!"
는 동네 사람들의 외침을 악몽처럼 기억하며 손을 의식적으로
가리고 다닌다. 그러나 와인즈버그에서 그의 손은 다른 사람의
몇 배나 빨리 딸기를 딸 수 있기 때문에 "그의 몸에서 가장 우
수한 부분"이라고 인정받고 주민들은 그의 손을 자랑스럽게 여
긴다.

손이 마음을 표현하는 역할이 아니라 로봇과 같이 탁월한 기계로서의 역할을 할 때 각광을 받는다는 아이러니는 '괴상한 사람들'이 처해 있는 딜레마와 연결된다. 서문에서 앤더슨은 말한다. "누군가 진리를 취하고 그것을 자신의 진리라고 부르면서 그것에 의지하여 인생을 살아가려고 하는 그 순간부터 그는 '괴상해진다.'" 결국 앤더슨이 말하는 '괴상한' 사람들은 오해와 불신, 그리고 사랑을 표현하는 능력 부족으로 서로 벽을 쌓고 사는 외롭고 고립된 '보통' 사람들이다.

바야흐로 '손'의 시대가 시작되고 있다. 목숨이라도 아낌없이 내주겠다는 듯 유권자들의 손을 꼭 잡는 손, 함께 죽을 각오라도 되어 있다는 듯 서로 꼭 잡고 함께 높이 쳐든 손, 손, 손들……. 어느 학생이 준 CD에서 나훈아의 노래 〈잡초〉가 흘러나온다.

"아무도 찾지 않는 바람 부는 언덕에 이름 모를 잡초야……손이라도 있으면 님 부를 텐데……."

맞다, 임이 그리우면 부르는 손, 건우가 잡고 싶어 하는 손은 약속이고, 마음의 전령이다. 그런데 사람들이 약속을 남발한다. 나중에 어쩌려고 마구 마음을 남발한다.

어떻게 하늘을 팔 수 있습니까?

네댓 살쯤 되었을까, 내가 아주 어렸을 때 한번은 밤에 전기가 나간 적이 있었다. 마침 집에 초가 떨어져 어머니는 오빠에게 초를 사 오라고 하셨다. 오빠는 나를 업고 깜깜한 골목길을 지나 동네 어귀에 있는 구멍가게로 가다가 갑자기 걸음을 멈추더니 하늘을 가리켰다.

"영희야, 저것 봐라, 은하수다!" 그리고 나는 그때 봤던 은하수를 평생 잊을 수가 없다. 칠흑 같은 하늘 위로 휘몰아치듯 굽이진 별무리는 그야말로 거대한 빛의 흐름이었다.

지난 2003년 3월 28일 전북 부안 새만금 갯벌을 떠난 삼보일배 순례단은 305km, 세 시간 만에 올 수 있는 길을 죽음 같은 고행으로 65일 만에 서울에 들어왔다. 순례를 시작하기 전 수경 스님은 '발로 참회를 시작하며'라는 글을 썼다.

"산은 아스팔트의 이름으로 죽어 그대로 거대한 무덤이 되고, 강물은 댐의 이름으로 썩어 수장이 되고, 갯벌은 매립의 이름으로 죽어 뭇 생명들의 거대한 공동묘지가 됩니다. 도대체 이 땅에 누가 있어 상극과 공멸의 광풍을 잠재우고 상생과 생명 평화의 장을 만들겠습니까. '네가 아프니 나도 아프다'는《유마경維摩經》의 진리는 도대체 어디에 존재하며 '너는 나의 뿌리이며, 나 또한 너의 뿌리'인《화엄경華嚴經》의 연기론 緣起論은 또 지금 바로 여기가 아닌 그 어느 곳에 있어야 하겠습니까."

절절한 이 목소리는 19세기 중반에 미국 정부가 스쿼미시 인디언들에게 그들의 땅을 매입하고 새로운 보호구역을 마련해 주겠다고 했을 때 인디언 추장이 썼다는 글과 사뭇 비슷하다. 여러 버전이 있지만 그중 하나를 요약해 보면 대략 다음과 같다.

"워싱턴에 있는 위대한 지도자가 우리 땅을 사고 싶다는 요청을 해왔습니다. 우리는 그의 제의를 고려해 보겠습니다. 그렇게 하지 않으면 총을 가지고 와서 우리의 땅을 빼앗아 갈 것이기 때문입니다.

그렇지만 어떻게 하늘, 그리고 땅을 팔고 살 수가 있을까요? 우리에게는 아주 이상한 생각입니다. 신선한 공기와 반짝이는 물은 우리가 소유하고 있는 게 아닙니다. 그런데 어떻게 그것을 팔 수 있겠습니까?

땅은 우리 민족에게 있어 거룩한 곳입니다. 아침 이슬에 반짝이는 솔잎 하나도, 해변의 모래톱도, 깊은 숲속의 안개며 노래하는 온갖 벌레들도 모두 신성합니다. 나무줄기를 흐르는 수액은 바로 우리의 정맥을 흐르는 피입니다. 우리는 땅의 일부이고 땅은 우리의 일부입니다. 거친 바위산과 목장의 이슬, 향기로운 꽃들, 사슴과 말, 커다란 독수리는 모두 우리의 형제입니다. 사람은 이 거대한 생명 그물망의 한 가닥일 뿐입니다. 만일 사람이 쏙독새의 아름다운 지저귐이나 밤의 연못가 개구리의 울음소리를 듣지 못한다면 인생에 남는 것이 무엇이 있겠습니까.

백인들의 도시에는 조용한 곳이라곤 없습니다. 아무 데서도 봄바람에 흔들리는 나뭇잎 소리며 벌레들이 날아다니는 소리를 들을 수 없습니다. 내가 야만인이어서 이해를 못 하기 때문이겠지만, 그 소음은 내 귀를 상하게 합니다. 북미의 인디언들은 한낮의 비로 씻겨지고 소나무의 향기가 나는 부드러운 바람 소리를 더 좋아합니다.

우리가 만약 당신들에게 땅을 판다면, 땅은 거룩하다는 것을 기억해 주십시오. 이 땅을 목장의 꽃향기를 나르는 바람을 맛볼 수 있는 곳으로 지켜주십시오. 우리가 우리의 자손에게 가르친 것을 당신들도 당신들의 자손에게 가르쳐주십시오. 땅은 우리 모두의 어머니라고. 모든 좋은 것은 땅으로부터 나오고, 이 땅의 운명이 곧 우리의 운명이라는 것을……."

한 텔레비전 뉴스 프로그램에서 삼보일배 소식을 전하면서 진행자가 말했다.

"이분들의 삼보일배 고행이 하늘을 움직였으면 합니다……."

그러나 하늘을 팔고 사는 사람들에게는 하늘도 침묵할 수밖에 없다. 어렸을 때 내가 보았던 그 은하수는 이제 영원히 내 기억 속에만 존재할 것이다.

가던 길 멈춰 서서

어느 상가를 지나는데 아주 화려하고 예쁜 잠옷이 걸려 있었다. 한눈에 보기에도 꽤 고가품 같았다. 얼마냐고 물으니 주인 여자가 "손님이 입으실 거예요?" 하고 되물었다. 사실 나는 호기심에 값만 물어본 것이지만 그냥 "그렇다"고 대답했다. 그 여자는 대답 대신 아래에서 내복 한 벌을 꺼내 앞으로 툭 던지며 "재고 남은 건데 만이천 원 주세요" 하는 것이었다.

장애인이니 가난해서 고가의 잠옷은 엄두도 못 낼 거고, 목발까지 짚은 별로 아름답지 못한 몸에 예쁜 잠옷이 가당찮다는 생각에서 그 여자 나름대로의 배려와 친절이었을 테지만, 난 적이 불쾌했다.

이미 어디엔가 그 경험에 대해 쓴 적이 있지만, 꽤 오래전 유학 시절에도 비슷한 경험을 한 적이 있다. 어느 해 여름방학에 잠깐 귀국해 있는 동안 동생과 명품을 많이 판다는 패션가를 지날 일이 있었다. 난 별달리 다른 옷이 없었으므로 학교 다닐 때 입는 낡은 청바지에 헐렁한 티셔츠를 입고 있었다. 한참 윈도쇼핑을 하며 걷는데, 동생이 어떤 옷가게 쇼윈도에 걸린 옷을 보더니 기필코 한번 입어보고 싶다는 것이었다.

함께 가게 안으로 들어가려고 했으나 입구에 턱이 너무 높아 동생만 들어가고 나는 문밖에 서 있었다. 주인 여자는 탈의실에 들어간 동생을 기다리다가 문득 문간에 서 있는 나를 발견했다. 그러곤 대번에 얼굴색이 변하더니 "동전 없어요, 나중에 오세요" 하는 것이었다. 그제나 이제나 눈치 없기로 소문난 나는 그 여자의 말을 못 알아듣고 눈만 껌벅이고 서 있었다. 그랬더니 이번에는 더욱 표독스럽게 "영업 방해하지 말고 나중에 오라는데 안 들려요?" 하는 것이었다. 그때 동생이 옷을 반만 걸친 채로 뛰어나오며 소리쳤다. "뭐예요! 우리 언니를 뭘로 보고 그러는 거예요?"

난 그제서야 주인 여자가 날 거지로 착각했다는 것을 깨달았다.

신체장애는 곧 가난과 고립을 의미하는 사회에서, 그것도 유행의 최첨단을 걷는 거리에서 낡은 청바지에 티셔츠를 걸친 것만 해도 뭣한데 결정적으로 목발까지 짚고 서 있었으니 거지가 될 필요조건을 다 갖추고 있었던 셈이다.

시인 중에도 '거지'가 있다. '걸인 시인'으로 알려진 영국 시인 윌리엄 헨리 데이비스W. H. Davis, 1871~1940는 어렸을 때 부모를 여의고 조모 밑에서 가난하게 자랐다. 열세 살 때 친구들과 도둑질을 하다 체포된 후 퇴학을 당하고 액자 공장에서 도금 기술을 배우지만, 그 일을 혐오해서 몰래 책을 읽다가 들키기 일쑤였다. 조모가 죽자 그는 고향을 떠나 일정한 직업 없이 걸식을 하면서 방랑한다. (후에 그는 '문학을 하고 싶은 야망으로 저주받지 않았다면 나는 죽는 날까지 거지로 남았을 것'이라며 걸인 생활에 대한 향수를 토로한다.)

그러나 28세 되던 해 그는 금맥이 터졌다는 소문을 듣고 미국으로 가서 서부로 가는 화물 기차에 뛰어오르다가 떨어져서 무릎 위까지 절단한 장애인이 된다. 다시 영국으로 돌아온 그는 외다리로는 걸인 생활을 하기 힘들어지자 시인이 되기로 작정, 서너 편의 시를 종이 한 장에 인쇄해 집집마다 다니며 팔기 시작한다. 그러다가 자비로 출판한 시집《영혼의 파괴자 외外》를 계기로 그는 특이한 삶을 산 방랑 걸인 시인으로 서서히 관심을 끌기 시작, 작가로서의 입지를 굳히게 된다. 그의 대표작〈가던 길 멈춰 서서Leisure〉의 전문은 다음과 같다.

근심에 가득 차, 가던 길 멈춰 서서

잠시 주위를 바라볼 틈도 없다면 얼마나 슬픈 인생일까?

나무 아래 서 있는 양이나 젖소처럼

한가로이 오랫동안 바라볼 틈도 없다면

숲을 지날 때 다람쥐가 풀숲에

개암 감추는 것을 바라볼 틈도 없다면

햇빛 눈부신 한낮, 밤하늘처럼

별들 반짝이는 강물을 바라볼 틈도 없다면

아름다운 여인의 눈길과 발

또 그 발이 춤추는 맵시 바라볼 틈도 없다면

눈가에서 시작한 그녀의 미소가

입술로 번지는 것을 기다릴 틈도 없다면,

그런 인생은 불쌍한 인생, 근심으로 가득 차

가던 길 멈춰 서서 잠시 주위를 바라볼 틈도 없다면.

까짓, 동전 구하는 거지로 오인되고 예쁜 잠옷 안 입으면 어떠랴. 온 세상이 풍비박산 나는 듯 와자지껄 시끄러운데, 나는 이 아름다운 봄날 가던 길 멈춰 서서 나뭇가지에 돋는 새순을 한번 만져보고 하늘 한번 올려다볼 수 있는 여유가 있으니 이 얼마나 큰 축복인가.

7

"우리 각자의 영혼은 그저
하나의 작은 조각에 불과해서
다른 사람들의 영혼과 합쳐져
하나가 되지 않으면 아무런 의미가 없어요."

- 존 스타인벡

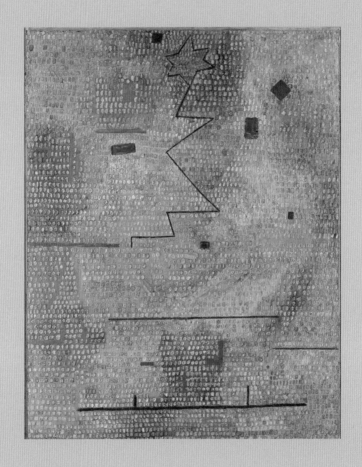

Paul Klee, *Rising Star*, 1923

인간시간표

밤에 배가 고파서 냉장고에서 아이스크림 통을 꺼내 앉았는데 식탁에 놓인 잡지에 요새 각광받는 '몸짱' 아줌마에 관한 기사가 눈에 띄었다.

"그녀의 성공 비밀은 철저하게 이른바 '인간시간표'를 따랐다는 것이다. 아침 오전 8시 30분, 점심 오후 1시 30분, 저녁 오후 6시, 이렇게 식사 시간을 철저히 지킬 뿐만 아니라 간식도 정확한 시간에 먹는다. 오전 7시 30분에 오트밀, 11시 30분에는 야채와 과일을 꼭 먹는다. 운동은 10시부터 11시 30분……."

아이스크림을 수북이 뜬 내 수저가 문득 허공에 멈추었다.

'인간시간표' — 초등학교 시절 방학 때마다 동그라미를 나누어서 공부하기·놀기·밥 먹기 등등 계획표를 짜놓고 이틀 이상 지킨 적이 없던 때부터 오늘날까지 내게는 낯선 말이다. 최근 출판된 《시간을 정복한 남자》라는 책에 소개된 소련의 과학자 류비셰프도 인간시간표의 표상이었다. 82세로 세상을 떠날 때 학술 서적 70여 권과 단행본 100권 분량의 연구 논문을 남길 만큼 업적이 많았지만 그는 동시에 1주일에 한 번 이상 공연을 관람했고 정상적으로 직장에 다녔으며 친지들에게 애정어린 편지도 자주 썼다. 연구 논문 한 편 가지고 몇 달씩 질질 끄는 나 같은 사람에게는 불가사의한 일이다.

그런데 그 비밀도 사실은 '인간시간표'였다는 것이다. 1965년 어느 날 류비셰프의 일기엔 이렇게 기록돼 있다.

"서적 색인 정리에는 15분, 도브잔스키 읽기 1시간 15분, 곤충분류학 2개의 그물 설치 20분, 곤충 분석 1시간 55분, 안드론에게 편지 15분……."

미국의 유명한 정치가·사상가·사업가·과학자·발명가·자선가 등, 다방면에서 탁월한 재능을 보였던 벤저민 프랭클린 Benjamin Franklin, 1706~1790도 완벽한 '인간시간표'의 예이다. 그는 가난한 양초 제조업자의 열일곱 형제 중 열다섯 번째로 태어나서 초등학교도 중퇴하고 인쇄공이던 형의 일을 돕다가 열일곱 살에 무작정 상경, 타고난 성실함과 치밀함으로 자수성가해 거부가 된, 그야말로 '아메리칸 드림'의 상징이다.

그가 자신의 성공담을 아들에게 주는 편지 형식으로 쓴 《벤저민 프랭클린 자서전 *The Autobiography of Benjamin Franklin, 1793*》은 자서전 문학의 대표작 중 하나이다. 아침 5시에 일어나 하루 계획을 세우고 밤 9시에 잠자리에 들 때까지 그는 철저하게 규칙적으로 생활함과 동시에 열세 가지 덕목을 정해놓고 철칙으로 지켰다.

그는 "절제(과식하지 말고 기분 좋아질 만큼 술 마시지 말 것)·과묵(필요 이상의 말을 하지 말 것)·질서(모든 물건을 제자리에 두고 사업에 있어 시간을 맞출 것)·결단력(결정한 것을 꼭 행동에 옮길 것)·검약(나 또는 다른 이에게 선행을 하는 일 외에는 절대로 돈을 쓰지 말 것)·근면(1분도 낭비하지 말 것)·성실(속이지 말고 언행을 일치할 것)·정의(남에게 나쁜 일을 하지 말 것)·중용(극단적인 것을 피할 것)·청결(몸·옷·주거지의 불결함을 참지 말 것)·침착(사소한 일이나 불가피한 상황에 동요하지 말 것)·정결(건강이나 자손을 위해서만 성교를 할 것)·겸손(예수와 소크라테스를 닮을 것)"을 지켰고, 거의 무학이지만 막대한 독서량으로 실력을 키운 것이 자신의 성공의 근간이 됐다고 스스로 분석한다.

얼짱·몸짱·실력짱 등 누구든 한 가지 목표를 세우고 철저한 자기 훈련, 자기 관리로 인간시간표가 된 이들은 다 아름다운 사람들이다. 나같이 잠 오면 자고, 배고프면 먹고, 회식 가면 내 돈 내는 것 아니라고 더 먹는, 무절제의 표본 같은 사람도 그런 사람들을 보면 간혹 '인간시간표'의 꿈을 꿔보기도 한다.

그러니 한밤중에 들고 있는 이 아이스크림은 어떻게 할까. 에라 모르겠다, 실천은 내일부터, 일단 입에 넣고 본다.

크리스마스 프레지던트

    교양영어 시간에 법학과 학생들이 수강하는 영어회화 과목의 학기 말 구두시험 주제로 다음과 같은 상황을 주었다.

    "제임스 스미스는 35세인데 실직했고 여덟 살, 여섯 살 난 아이가 있다. 12월 22일 저녁 스미스는 세발자전거 두 대를 훔쳤다. 경찰은 그를 체포했고, 스미스는 '다시는 안 그러겠습니다. 저는 제 아이들에게 크리스마스 선물을 주고 싶었을 뿐입니다'라고 말했다."

    학생들은 두 명씩 짝을 지어 판결을 결정하고, 두 팀이 함께 내 방에 들어와 각기 자신들 판결의 정당성에 대해 토론했다.

그중에서 인호와 인주, 그리고 민영이와 민우가 함께한 토론을 간단하게 요약, 번역해 보면 다음과 같다.

　인주: 스미스 씨는 어린 아이들을 위해 자전거를 훔쳤습니다. 물론 자전거는 돌려줘야 하겠지만, 정상 참작을 해서 경고만 주어야 한다고 생각합니다.
　민영: 물론 우리도 그를 동정하지만 결과가 동기보다 더 중요합니다. 징역 1년을 선고합니다. 범죄는 어디까지나 범죄입니다.
　인호: 동의합니다만, 피고는 단지 아이들의 크리스마스 프레지던트를 주기 위해 훔친 것입니다.

이크! 인호가 조금 긴장을 했는지 '프레즌트(선물)'를 '프레지던트(대통령)'로 잘못 발음한 것이다. 그러나 다른 학생들은 눈치 채지 못한 것 같고 토론의 흐름을 방해하지 않기 위해 나는 구태여 끼어들지 않았다.

　민영: 우리도 스미스 씨를 동정합니다. 그러나 평계 없는 무덤이 없듯이 평계 없는 범죄가 어디 있겠습니까? 그런 죄를 모두 용서하면 우리 사회는 어떻게 되겠습니까?

인주: 그러나 스미스 씨가 실직했다는 것은 우리 모두의, 그리고 사회의 책임이기도 합니다.

인호: 맞습니다. 그리고 그는 좋은 아버지였습니다. 그래서 애들에게 '크리스마스 프레지던트'를 주고 싶었을 겁니다. '크리스마스 프레지던트'를 안 주면 아이들이 실망할까 봐서요.

인호는 계속 '크리스마스 프레지던트'라고 말하고 있었다. 나는 조금씩 불안해지기 시작했다.

민영: 실망이요? 아마 아버지가 도둑이라는 것을 알면 아이들은 더 실망할 겁니다.

인호: 법에도 눈물이 있습니다. 《레미제라블》의 주인공 장발장은 한 조각의 빵을 훔친 죄로 19년간의 감옥살이를 하고 출옥합니다. 갈 곳 없는 그에게 하룻밤의 숙식을 제공해 준 미리엘 신부의 집에서 은그릇을 훔쳐 달아나다 다시 체포되지만, 신부는 그 은그릇은 자기가 장에게 준 것이라고 증언하여 그를 구해줍니다. 여기서 장은 비로소 사랑이라는 것에 눈을 뜨고, 결국 그는 구원과 사랑의 삶을 살게 됩니다. 한 번만 관용을 베풀어주고, 일자리를 준다면 스미스 씨는 좋은 시민이 될 겁니다. 내가 자전거 가게

주인이라면 자전거들을 스미스 씨에게 '크리스마스 프레지던트'로 주겠습니다.

인호는 원래 수줍은 성격이지만 이번만은 할 말이 많은 듯 목청을 돋우었는데, 문제는 자꾸 '크리스마스 프레즌트'를 '크리스마스 프레지던트'라고 말하고 있는 것이었다. 그러자 짝인 인주가 작은 소리로 말했다. "애, '프레지던트'가 아니라 '프레즌트'잖아!"

잘못을 깨달은 인호는 갑자기 얼굴이 홍당무가 되었다. 그러나 '적'인데도 불구하고 인호가 민망해하는 모습을 보고 민영이가 말했다. "아, 충분히 그럴 수 있지요. 요새 선거 때문에 하도 '대통령'이라는 말이 자주 나오니까 충분히 헷갈릴 수 있지요."

결국 토론은 1년의 집행유예 판결로 끝이 났다. 사실 나는 이번 칼럼에 토론 중에 나온 《레미제라블Les Miserable, 1862》에 대해 쓰고 "인생에 있어 최고의 행복은 우리가 사랑받고 있다는 확신이다"라는 위고의 말로 마무리하려고 했다. 그러나 그 위대한 명작보다 상대방의 실수를 감싸주는 민영이의 예쁜 마음이 더욱 감동적이었다.

이렇게 법에도 눈물이 있어야 한다는 따뜻한 마음과 핑계 없는 범죄가 없다는 냉철한 머리를 갖춘 올곧고 똑똑한 젊은이들이 있는 한, 나는 우리의 미래가 밝다고 믿는다. 그리고 이번 대선에서만큼은 정말 한번 하늘에서 떨어지는 선물같이 좋은 '크리스마스 프레지던트'를 가져볼 수 있다면 얼마나 좋을까…….

변신

아침에 눈을 뜨면 문득 천장의 벽지 무늬가 낯설게 느껴지는 날이 있다. 주위를 둘러보면 매일 습관처럼 보는 방이 갑자기 생경하게 느껴지고 내가 잠들어 있는 동안 누군가 나를 4차원의 세계에 옮겨놓은 듯, 내가 있는 곳이 어디인지, 나는 누구인지 순간적인 기억상실증에 걸릴 때가 있다. 시간이 되면 일어나 기계처럼 학교 가고, 버릇처럼 가르치고 이런저런 일에 치여 밤이 되면 지쳐 잠들고……. 벌써 오월인데, 다람쥐 쳇바퀴 도는 생활 속에 그야말로 쏜살같이 흐르는 세월, 허무할 뿐 아니라 죄의식마저 느낄 정도이다. 장영희가 이 세상에 존재하는 이유가 뭔지, 하루하루 귀중한 삶을 낭비하고 있는 것은 아닌지……

그저 타성처럼 살아가며 정말 내 삶이 단지 그냥 한 마리 벌레보다 나은 게 무엇인지 간혹 섬뜩한 공포로 다가온다. 그런 맥락에서 프란츠 카프카Franz Kafka, 1883~1924의 《변신The Metamorphosis, 1915》이 단지 기괴한 이야기만은 아니다. 인간 실존의 허무와 절대 고독을 주제로 하는 《변신》은 바로 이렇게, 사람에서 벌레로의 '변신變身'을 말한다.

가족의 생계를 떠맡고 상점의 판매원으로 고달픈 생활을 반복해야 하는 그레고르는 어느 날 아침 깨어났을 때 자신이 흉측한 벌레가 되어 있음을 알게 된다. 문밖에서 출근을 재촉하는 가족들의 소리가 들리지만, 그는 '장갑차처럼 딱딱한 등을 대고 벌렁 누워 있는' 벌레가 되어 꼼짝할 수도 없다. 겨우 문밖으로 기어 나갔을 때 식구들은 경악하고 그를 한낱 독충으로 간주한다. 그는 '변신' 이전의 가족에 대한 사랑을 그대로 유지하며 벌레로서의 삶에 적응해 보려고 노력해 보지만 가족의 냉대는 더욱 심해진다. 그가 없이는 살아갈 수 없을 줄 알았던 가족은 모두 새로운 직장을 잡아 생활비를 벌고, 그레고르는 없어져야 할 골칫거리일 뿐이다. 어느 날 그림에 달라붙어 있는 그레고르의 모습을 보고 어머니가 기절하자 아버지는 그에게 사과를 던져 큰 상처를 입힌다. 며칠 뒤 각별히 아끼던 누이동생이 하숙생들 앞에서 음악을 연주하는 것을 들으러 나가지만 벌레의 존재를 보이고 싶지 않은 가족에 의해 방에 감금된다. 그 이튿날 청소를 하러 왔던 가정부는 그레고르의 죽음을 알리고, 가족들은 마치 아무 일도 없었다는 듯 함께 피크닉을 간다.

《변신》은 벌레라는 실체를 통해 현대 문명 속에서 '기능'으로만 평가되는 인간이 자기 존재의 의의를 잃고 서로 유리된 채 살아가는 모습을 형상화한다. 그레고르가 생활비를 버는 동안에는 그의 기능과 존재가 인정되지만 그의 빈자리는 곧 채워지고 그의 존재 의미는 사라져버린다. 인간 상호 간은 물론, 하물며 가족 간의 소통과 이해가 얼마나 단절되어 있는가를 말하고 있는 것이다.

프란츠 카프카는 프라하 유대인 상인의 가정에서 태어나 법학을 전공하고 스물다섯 살 되던 해부터 일생을 보험국 관리로 일했다. 기계적이고 천편일률적인 생활에 매여 오직 밤에만 글을 쓸 수 있었지만, 결국 마흔한 살의 젊은 나이로 죽을 때까지 그 직업을 떠나지 못했다.《변신》은 어쩌면 그가 일생을 통해 느꼈던 철저한 소외와 고립감을 묘사하고 있는지도 모른다.

헨리 8세의 왕비였던 앤 여왕이 부정不貞의 누명을 쓰고 단두대의 이슬로 사라지기 전에 마지막으로 한 말은 "아 오월이군요!"였다. 햇볕이 너무 밝아서, 바람이 너무 향기로워서, 나뭇잎이 너무 푸르러서, 꽃이 너무 흐드러져서, 그래서 세상살이가 더욱 암울하고 버겁게 느껴지는 이 아름다운 오월. 새삼 내 존재의 의미를 생각하면서 본능으로 사는 벌레가 아닌 진정한 인간으로의 '변신'을 꿈꿔본다.

마지막 잎새

  며칠 있으면 2003년의 마지막 날이 오고, 2003년은 과거의 연대기에 수록되는 숫자에 불과해질 것이다. 일상의 삶 속에서 그냥 스치던 '마지막'이라는 말 — 마지막 날, 마지막 기회, 마지막 한마디 말, 마지막 편지, 마지막 차편 — 이 어쩐지 더욱 매몰차고 허망하게 들리고 어떻게든 한 번만 더 기회를 달라고 붙잡고 늘어져 보고 싶은 심정이다.

  '마지막'이라는 수식어가 붙은 문학작품 중에 얼핏 떠오르는 것은 알퐁스 도데의 〈마지막 수업〉, 제임스 페니모어 쿠퍼의 《모히칸족의 마지막》, 휴버트 셀비 Jr의 《브루클린으로 가는 마지막 출구》, 그리고 《위대한 개츠비》의 작가 스콧 피츠제럴드의 부인 젤다 피츠제럴드의 자서전적 소설 《마지막 춤을 나와 함께》 등이 있다. 그중에서도 우리에게 가장 익숙한 작품은 아마 오 헨리O Henry(본명은 윌리엄 시드니 포터), 1862~1910의 〈마지막 잎새The Last Leaf, 1905〉일 것이다.

뉴욕의 그리니치빌리지에 사는 화가 지망생 존시는 폐렴에 걸려 나날이 병세가 악화되지만 삶을 포기한 채 창밖 담쟁이의 잎만 세며 마지막 잎새가 떨어질 때 자신도 함께 죽게 될 거라고 말한다. 친구 수는 존시의 살려는 의지를 돋워주기 위해 온갖 노력을 하지만 소용이 없다. 그들의 아래층에 사는 화가 베어먼 노인은 필생의 걸작을 꿈꿔보지만 싸구려 광고물이나 그리며 근근이 살아간다.

밤새도록 세찬 비와 사나운 바람이 불던 다음 날 아침 수가 창문을 열어보니, 벽돌 담벽에 담쟁이 잎새 하나가 그대로 붙어 있다. 이틀째 마지막 잎새가 여전히 붙어 있자 존시는 생명을 포기하려던 마음을 고쳐먹고 살려는 의지를 가진다. 의사가 존시의 완쾌를 알려주던 날, 수는 존시에게 그 마지막 잎새는 베어먼 노인이 비바람 몰아치던 밤 담장에 그려놓은 것이었으며, 노인은 그날 밤 얻은 폐렴으로 죽었다고 말해준다.

단 한 권의 장편소설도 쓰지 않은 채 300여 편의 단편만 남긴 오 헨리의 작품은 예외 없이 기발한 착상과 페이소스로 알려져 있지만 그중 압권은 '놀라운 결말', 즉 마지막에 스토리가 반전을 이루면서 예기치 않은 귀결을 맺는 구성의 묘미이다. 그의 단편들은 무엇보다도 삶의 아이러니를 그리고 있는데, 긴 머리를 잘라 남편의 시계줄을 산 아내와 아끼던 시계를 팔아 사랑하는 아내의 머리핀을 산 가난한 남편 이야기인 〈크리스마스 선물〉(원제: 동방박사의 선물)이 그렇고 20년 후에 한 명은 형사로, 또 한 명은 수배되어 도망 다니는 범죄자로 만나는 두 친구의 이야기인 〈20년 후〉라는 이야기 또한 예외가 아니다.

그리고 자주 인용되지는 않지만 오 헨리의 대표작 중 하나로 꼽히는 〈경찰관과 찬송가〉라는 단편이 있다. 뉴욕의 부랑자 소피는 겨울이 되어 날씨가 노숙하기에 부적합해지자 사생활을 간섭하는 자선 기관에 의탁하기보다는 가벼운 범죄를 저질러서 숙식이 보장되는 교도소에 들어가 겨울을 나기로 마음먹는다. 그러나 가게의 창을 깨도, 일부러 여성을 희롱해도, 난동을 부려도, 물건을 훔쳐도 도무지 체포되지 않는다. 소피는 우울해진 마음으로 노숙을 하던 공원으로 돌아가다가 우연히 길모퉁이의 한 교회에서 흘러나오는, 어린 시절 들었던 찬송가를 들게 된다. 소피는 비로소 순수했던 어린 시절에 비해 타락해 버린 현재의 자신을 깨닫는다. 앞으로 직업도 구하고 진실된 삶을 살아보겠다고 새롭게 마음먹는 순간 경관이 나타나 그를 부랑자라고 체포하고 소피는 금고 3개월을 선고받는다.

이제 마지막 잎새가 떨어진 지도 한참 되고 오 헨리의 작품 들에 담긴 이야기처럼 끊임없이 우리를 놀라게 하고 자꾸 우 리의 의도와는 동떨어진 곳으로 줄달음치는 아이러니로 가득 찼던 한 해의 삶도 과거로 보내고 있다. 전기 작가 로버트 데 이비드는 "오 헨리는 미국 단편을 더욱 인간적으로 만들었다 humanize…… 나는 우울할 때마다 오 헨리를 읽는다"면서 그의 작품에는 늘 방황하는 영혼들에 대한 따뜻한 애정이 있고, 슬 프고 우울해도 그래도 세상은 살 만한 곳이라는 확신이 담겨 있기 때문이라고 말한다.

늘 '혹시'가 '역시'가 되고, 번번히 실망하게 되면서도 미련을 버리지 못하고 나도 다시 한번 새로운 꿈을 꾸며 새해를 시작 한다. 믿는 것은 단 한 가지, 나도 오 헨리처럼 그래도 세상은 살 만한 곳이라는 확신을 갖고…….

Gustave Caillebotte, *Nasturtiums*, 1892

사랑할 수 없는 자

오늘 오후에 백화점에 들를 일이 있었다. 어찌나 사람이 많던지 누군가 무심히 내 목발을 툭 건드려서 나동그라지게 될까 봐 조심스럽게 걷고 있었다. 그런데 한구석에서 어떤 젊은 여자가 딸인 듯 보이는 네다섯 살 난 어린아이를 달래고 있었다. 아이는 무슨 일인지 막무가내로 떼를 쓰면서 울고 있었다. 그때 마침 나를 발견한 그 여자는 갑자기 손가락으로 나를 가리키며 "저 봐, 에비 에비, 너 계속 울면 저 사람이 잡아간다" 하는 것이었다.

나를 흘끗 올려다본 아이는 참으로 신기하게도 순식간에 울음을 그쳤다. 소기의 목적을 달성한 여자는 나를 한번 힐끔 보더니 아이의 손을 잡고 사라졌다.

황당한 경험이었다. 물론 어디를 가나 사람들이 나를 쳐다보는 것은 이제 익숙한 일이지만, 그냥 호기심일 뿐, 우는 아이도 당장 그치게 할 만큼 그렇게 가공할 만한 괴물처럼 보이리라고는 생각하지 않았었다. 그 아이의 엄마는 내 모습에 '공포'라는 의미를 부여했고, 아마도 이제 그 아이는 앞으로 신체 장애인을 보면 자연스럽게 '무서운 사람, 내게 해코지를 할 사람'을 연상할 것이다.

이렇게 신체장애에 '악이나 공포'의 의미를 부여하는 데에는 미디어뿐만 아니라 분명 문학도 큰 역할을 했다는 생각이 든다. 어렸을 때부터 아이들이 읽는 동화에서 '악당'들은 대부분 신체적으로 모종의 결손이 있거나 '정상'이 아닌 모습을 하고 있다. 《헨젤과 그레텔》에 등장하는 마녀는 다리를 절고, 럼펠스틸스킨은 난쟁이이고, 《보물섬》의 롱 존 실버는 나무다리에 애꾸눈, 《피터팬》의 악한 캡틴 훅은 외팔에 갈고리를 끼고 있다.

내친김에 동화뿐만이 아니라 아이들에게 더욱 가까운 만화나 영화를 생각해 봐도 마찬가지이다. 신체적으로 정상이 아닌 사람이 자동적으로 악한 성품이나 도덕적 결핍과 연결되는 예는 허다하다. 70년대의 《외팔이 시리즈》를 비롯하여 '하록 선장'은 애꾸눈이고, 《뽀빠이》의 브루터스는 거인인 데다 팔뚝에 커다란 흉터가 있고, 《은하철도 999》에 등장하는 악인들도 꼽추이거나 외팔이거나 모종의 신체 기형, 또는 결손을 갖고 있는 경우가 많다. 디즈니 프로덕션의 《미녀와 야수》는 단적으로 '아름다움과 추함'이라는 외모의 상치로 선과 악의 대비를 시도한 제목이다.

매부리코에 관절염으로 다리를 절룩거리는 근시 노파가 밝고 아름다운 성품을 가진 것으로 묘사되는 적이 없고 '이 세상에서 (육체적으로) 가장 아름다운' 백설 공주는 품성적으로도 완벽한 선을 상징한다. 아름다운 여왕은 백설 공주에게 사과를 먹이는 악한 일을 하기 위해 사마귀가 나고 허리가 굽어 신체적으로 추한 노파의 모습으로 변해야 한다.

따지고 보면 동화 속에서 '착한 일'이 보상받는 길도 매우 '육체적'이다. 미운 오리 새끼는 아름다운 백조가 되고, 징그러운 두꺼비는 잘생긴 왕자님이 되고, 괴물같이 생긴 짐승은 멋진 왕이 되고, 딸을 만난 행운이 완전하기 위해 심 봉사는 눈을 떠야 하고, 착한 혹부리 영감은 혹이 떨어져 나가서 '정상'이 되어야만 이야기가 끝날 수 있다.

　소위 '고전'에 속하는 문학작품에서도 이런 전통은 계속된
다. 제일 먼저 떠오르는 것은 허먼 멜빌Herman Melville, 1819~1891
의 《백경Moby-Dick, 1851》에 등장하는 외다리 선장 에이하브이지
만, 이에 못지않게 셰익스피어의 《리처드 3세》도 유명하다. 실
제 역사상의 리처드 3세는 장애를 갖고 있지 않았다. 그러나
셰익스피어는 왕좌를 차지하기 위해 살인도 불사하는 그의 악
한 성향을 표현하기 위해 조산으로 인해 추하고 몸이 비꼬인
기형으로 그를 묘사하고 있다.

　　나는 기형이고, 미완성이고, 반도 만들어지지 않은 채

　　너무 일찍이 이 생동하는 세계로 보내져

　　절뚝거리고 추한 나의 모습에

　　곁에만 지나면 개들도 짖는다……

　　이 아름답고 평화로운 나날을 즐기는

　　사랑하는 자가 될 수 없기에

　　나는 악인이 되기로 굳게 마음먹는다. ― 1막 1장

얼마 전 어느 대학 신문 칼럼의 제목은 '절름발이 지성'이었

고, 어느 일간지 사설에서는 정부 시책을 비난하면서 '곱사등이 정책'이라는 말을 썼다. '벙어리 삼룡이', '백치 아다다'는 가난과 불운, 비참과 우둔의 상징이고, 우리말에서 '소경 코끼리 더듬듯 한다'거나 '벙어리 냉가슴 앓듯 한다'는 비유도 종종 심심찮게 사용되는데, 이 모두가 그러한 장애가 갖는 좌절과 능력 부족을 전제로 한다.

더욱 재미있는 것은, 어떤 때는 반대로 장애에 극단적인 '선'의 의미가 부과되기도 한다는 점이다. 어리석을 정도로 순수한 사랑의 주인공 노트르담의 꼽추, 코주부 시라노 드 베르주라크가 생각나고,《크리스마스 캐럴 *The Christmas Carol*, 1843》의 티모시도 있다. 얼마 전 TV에서 한 연예인은 어느 장애인 공동체를 방문하고 나서 "장애인들이라 그런지 해맑고 천사 같다"고 말했다. 악을 행하기 위해 돌아다닐 여건이 안 되어서 그렇지 '장애인들이라서' 천사 같을 리는 없는 노릇이다.

신체장애는 단지 의학적 케이스일 뿐, 악이든 선이든 모종의 의미를 부여하는 것은 위험천만한 일이다. 또한 인간 치유의 역할을 가진 문학이 한 집단에게 부정적인 역할을 한다면 그것은 문학의 위기와도 무관하지 않다.

몇 년 전 없는 재주로 무리해서 수필집을 낸 적이 있다. 가끔씩 방송이나 신문에서 소개되는 경우가 있는데, 그럴 때마다 '1급 장애 여교수의 인간 승리, 그녀의 치열한 삶' 등등으로 요약된다. 예를 들어 얼마 전 책을 소개하는 TV 교양 프로그램에서 문인 220명에 의해 설날에 가족에게 선물하고 싶은 책으로 내 책이 뽑혔다고 했다. 시간에 맞춰 TV를 보니 마침 사회자가 내 책을 들고 소개하고 있었다. "서강대 장영희 교수의 《내 생애 단 한 번》은 자서전적 에세이집입니다. 요새 암투병 중이라 투병 중 느낀 바를 적은 책입니다." 옆에 있던 여자 사회자가 때 맞춰 "쯧쯧" 혀를 찾다. 말도 안 되는 소리이다. 그 책은 이미 4년 전, 내가 암에 걸릴 줄은 꿈에도 몰랐던 때에 쓰인 책이다. 그러자 특별 게스트로 출연한 코미디언이 한마디 거들었다. "그런데 저자 장영희 씨는 1급 신체 장애인이라네요." 순간 세 사람 모두 고개를 숙이며 죽은 사람에 대해 묵념하듯이 눈을 내리깔고는 침울한 표정을 지었다. 책에 대한 소개는 그게 다였다.

'자서전적' 에세이니 불가피하게 나의 신체장애에 관한 글이 없는 것은 아니지만, 나의 의도는 '장애인 장영희'가 아니라 다른 사람과 마찬가지로 여러 가지 형태의 삶의 장애를 갖고 있는 '인간 장영희'에 대해 쓰는 것이었다. 그리고 난 암만 생각해도 내 삶이 별로 '치열한' 것 같지 않다. 아니, 내 삶이 치열하고 감동스럽다면 난 이제껏 치열하고 감동적으로 살지 않는 사람을 한 번도 본 적이 없다.

어차피 인생은 장애물 경기이다. 하루하루 살아가는 게 작은 드라마의 연속이고, 장애물 하나 뛰어넘고 이젠 됐다고 안도의 한숨을 몰아쉴 때면 생각지도 않았던 또 다른 장애물이 나타난다. 그 장애가 신체장애이든, 인간관계 장애이든, 돈이 없는 장애이든, 돈이 너무 많은 장애이든(정부 요직에 오르기 위해 많은 돈을 이리저리 감추거나 먹은 돈을 안 먹었다고 오리발 내밀어야 하는 것도 분명 장애이다) — 아무리 권력 있고 부를 누리는 사람이라도 피할 수 없는 운명인데, 왜 유독 신체장애에만 의미를 부여해야 하는가.

나도 남들처럼 사랑하며 살고 싶은데, 날 '사랑할 수 없는 자'로 만들어버린 아까 그 여자에 대한 궁색한 변이 너무 길어졌다.

Ernst Ludwig Kirchner, *Trees*, c.1935

그래도 우리는…

1962년 존 스타인벡John Steinbeck, 1902~1968에게 노벨 문학상을 안겨준 《분노의 포도Grapes of Wrath, 1939》는 한마디로 말해 핍박받고 소외받는 사람들의 이야기이다.

미국의 대공황 직후 오클라호마주에 심한 가뭄이 닥쳐와 지주와 은행의 빚 독촉에 견디다 못한 농민들은 풍요의 땅 캘리포니아로 이주한다. 감옥에서 맏아들 톰이 가석방되어 나오자 조드 일가—※도 고향을 떠나기로 하고 유랑 목사 짐 케이시와 함께 캘리포니아로 고난의 여행을 시작한다.

그러나 캘리포니아에서 그들을 기다리고 있는 것은 여전히 배고픔과 질병, 그악스러울 정도로 혹독한 노동 착취뿐이었다. 조드가※는 실업자 캠프에 수용되는데 이곳에서 난민과 보안관들과의 싸움이 벌어지고 케이시는 그 책임을 지고 체포된다. 톰이 케이시를 다시 만났을 때, 케이시는 바로 그의 눈앞에서 자경단원의 몽둥이에 맞아 죽는다. 톰은 케이시를 죽인 자경단원을 살해하고 쫓기는 몸이 된다. 톰의 어린 동생들은 이웃 아이들과 싸우다가 자랑삼아 동굴 속에 숨어 있는 오빠에 대해 이야기하고, 어머니는 톰을 찾아와 다시 도망갈 것을 권유한다. 도주의 길에 오르기 전, 톰은 어머니 앞에서 케이시의 뜻을 이어받아 굶주리고 핍박받는 사람들 편에서 투쟁할 것을 약속한다. 자기만의 세계에서 벗어나 가족을 위해 희생하는 것을 배운 그는 이제는 더욱더 많은 사람들을 위해서 더욱더 큰 세상을 향해 떠나가면서 말한다.

"엄마, 케이시 목사님이 말하곤 했어요. 우리 각자의 영혼은 그저 하나의 작은 조각에 불과해서, 다른 사람들의 영혼과 합쳐져 하나가 되지 않으면 아무런 의미가 없다고요. …… 그때는 귀담아듣지 않았지만 지금은 나도 인간 하나하나는 소용이 없다는 걸 알아요. …… 두 사람이 같이 누우면 온기를 나눌 수 있잖아요. …… 배고픈 사람을 위해 싸우는 곳, 경찰이 무고한 사람을 때리지 않는 곳, 저녁 식사가 기다리고 있는 것을 알고 어린 아이들이 웃을 수 있는 곳에 가 있을게요. …… 불쌍한 사람들이 자기가 지은 집에서 자기가 지은 농사로 밥을 먹을 수 있는, 그런 세상을 위해 떠나겠어요."

톰은 유랑 목사 케이시가 믿는 '성령'은 결국 인간의 영혼이고, 우리 모두가 그 위대한 성령의 일부이기 때문에 진정한 인간애야말로 진실된 종교라는 케이시의 생각을 실천하기 위해 떠난다.

그러나 뒤에 남은 조드가家와 다른 난민들은 이제 돈도 일자리도 먹을 것도 없는 최악의 상황에 처한다. 절망에 빠진 가장家長 '파 조드'는 말한다. "이젠 끝장이야. 죽음을 기다리는 수밖에는." 그러나 가족의 단결과 생존을 지켜나가기 위해 부드럽고 강한 무한한 힘을 발휘하는 어머니 '마 조드'는 남편에게 희망을 준다.

"아니요, 우리는 죽지 않아요. 배가 고파도, 몸이 아파도, 죽어가는 사람이 있어도, 그래도 살아남는 사람들은 더 강해져요. 오늘 하루만, 하루만 더 살아남기 위해 노력해요."

겨울이 다가오고, 조금씩 내리기 시작하던 비는 곧 홍수로 변해서 난민들이 살던 텐트나 낡은 자동차들을 덮친다. 굶주린 난민들은 썩은 채소로 끼니를 때우고 아직 물에 잠기지 않은 헛간을 찾아 헤맨다. 만삭인 조드가(家)의 딸 로즈오브샤론의 진통이 시작되고 아버지와 이웃들은 그녀의 안전한 출산을 위해 힘겹게 둑을 쌓지만, 나무가 쓰러지면서 둑은 무너지고 모든 것이 진흙탕 속에 잠긴다. 로즈오브샤론은 결국 사산을 하고, 며칠 후 조드 일가는 어렵사리 건초가 있는 헛간을 찾는다. 그러나 그곳에는 이미 굶어 죽어가는 남자가 있었다. 어린 아들은 빵을 훔쳐서 아버지에게 주었지만 국물이나 우유 외에는 넘길 수가 없다고 했다.

잠깐 어머니와 딸의 눈이 마주친다. 어머니의 눈빛을 알아차린 로즈오브샤론은 낯선 남자에게 다가가 불은 젖을 물린다.

그래서 결국 소설은 절망 속에서도 죽지 않고 따뜻한 인간애와 생명력으로 살아남는 인간의 기본적 힘을 전하며 끝난다.

"저것들 죽은 걸 보느니 차라리 제가 죽어야 하는데. 아무것도 남지 않고 깡그리 잃었습니다. 이제 어떻게 살아야 할지……."

어젯밤 9시 뉴스에서 폐사한 돼지들을 바라보며 억장이 무너지는 한 농부가 말했다. 싹쓸이해 가듯 모조리 휩쓸어 간 무서운 홍수 끝에 이제는 더 이상 견뎌낼 여력이 없다는 것이었다. 수재민 수용소 마룻바닥에 두루마리 화장지를 베고 곤히 잠든 할아버지 옆에서 어떤 아낙은 말했다.

"1년 지은 농사 다 잃고 아직도 집이 물에 잠겨 있어요. 정말이지 쌀 한 톨 남은 게 없어요. 어떻게 살지요? 그래도 어떻게든 살아야 할 텐데."

"그래도 어떻게든 살아야 할 텐데"— 마 조드가 말하듯이 '살아남은 사람은 더욱 강해지는' 그 의지가 너무 아름다워 눈물이 난다. 합치지 않는 한 우리 각자의 영혼은 작은 조각에 불과하고 두 사람이 누우면 온기를 나눌 수 있다던 톰, 더 좋고 더 따뜻한 세상을 만들기 위해 떠난 톰은 지금 어디에 있을까. 아무래도 우리가 대신 톰이 되어야 하지 않을까.

8

별들이 드리운 밤을 눈앞에 보며,
나는 처음으로 세상의 다정스러운 무관심에
마음을 열고 있었다.

- 알베르 카뮈

Nicholas Roerich, *Star of the Hero*, 1936

로미오의 실수

조카의 중학교 영어 교과서를 무심히 훑어보는데 재미있는 우스갯소리가 있었다. 어떤 여학생이 "당신은 《로미오와 줄리엣》을 읽었습니까?" 하고 물으니 남학생이 "아, 로미오는 읽었는데 줄리엣은 아직 못 읽었습니다"라고 대답하는 것이었다. 남학생의 문학에 대한 무지를 재미있게 풍자한 것이지만, 나는 문득 상현이가 생각났다.

영문학도가 아니더라도 셰익스피어William Shakespeare, 1564~1616의 대표작《로미오와 줄리엣Romeo and Juliet, 1595》의 줄거리를 모르는 이는 거의 없을 것이다.

이탈리아의 베로나. 오랫동안 서로 반목해 온 몬터규가家의 아들 로미오와 캐풀렛가家의 딸 줄리엣은 우연히 만나 서로 한 눈에 반하고, 로렌스 수사의 암자에서 비밀 결혼식을 올린다. 그러나 로미오는 결투를 하다가 상대방을 죽이고 추방 선고를 받는다. 둘은 곧 다시 만날 것을 기약하고 이별하지만, 줄리엣 은 집안에서 자신이 원치 않는 결혼을 강요하자 로렌스 수사와 상담한다. 수사는 줄리엣에게 이틀 동안 가사 상태에 빠지게 되는 수면제를 준다. 결혼식 전날 밤 줄리엣은 그 약을 복용하 고, 그녀의 부모는 딸이 죽은 것으로 판단, 캐풀렛가家의 묘지 로 옮긴다. 줄리엣의 죽음을 알게 된 로미오는 베로나로 돌아 와서 줄리엣 곁에서 독을 마시고 죽고, 잠에서 깨어난 줄리엣 은 죽은 로미오를 보고 그 자리에서 로미오의 단검을 뽑아 자 살한다. 순수하고 아름다운 두 젊은이의 주검 앞에서 몬터규 가家와 캐풀렛가家는 드디어 화해를 한다.

상현이는 오래전 내가 강의한 '영어 연설법'을 수강하는 학 생이었다. 수업 시간에 학생들로 하여금 조를 구성해 찬반으 로 나뉘어 다른 학생들 앞에서 사형 제도나 안락사, 인공유산, 흡연, 복제 인간 등의 주제를 놓고 토론하게 하였다. 토론을 관 람한 다른 학생들은 두 팀 중 좀 더 설득력 있고 창의적인 논지를 선택하고, 거기서 이긴 팀이 점수를 더 받는 식으로 진행되었다. 자기 의사와 상관없이 제비뽑기로 주제를 선택했는데, 상현이는 흡연을 찬성하는 쪽을 뽑았다. 찬성 쪽과 반대 쪽의 학생들이 각자 논지를 발표했지만, 물론 건강 문제, 비용 문제, 임산부 흡연 문제 등, 흡연을 반대하는 쪽이 훨씬 더 설득력이 있는 것은 당연했다. 이제 더 이상 반론의 여지가 없어서 흡연을 찬성하는 조의 패배가 거의 확실해졌을 때, 상현이가 말을 시작했다. 영어가 꽤 유창한 상현이는 논리적으로 차근차근 설명했다.

"네, 여러분, 흡연은 여러 가지 단점이 있습니다. 하지만 그에 못지않은 장점도 있습니다. 여러분, 가끔 사는 게 지치거나 너무 복잡하다고 느낄 때가 많지요? 여자 친구가 다른 남자에게로 가버리거나, 미스 장이 숙제를 너무나 많이 내줄 때, 그저 사는 게 심드렁하고 재미없을 때, 무언가 사방이 막혀 새로운 타개책이 필요할 때, 잠깐 모든 걸 멈추고 담배를 꺼내십시오. 그리고 깊이 한 모금 들이마십시오."

이쯤에서 상현이는 정말 주머니에서 담배를 꺼내 입에 무는 것이었다. "마음이 가라앉고 아이디어가 잘 떠오르는 걸 느끼시지 않습니까?" 그러고 나서 상현이는 갑자기 《로미오와 줄리엣》 얘기를 꺼내는 것이었다.

"여러분은 영문학도니까 로미오와 줄리엣의 슬픈 사랑 이야
기를 모두 다 아시죠? 로미오는 줄리엣이 단지 잠든 것인 줄
모르고 독을 마시고 죽습니다. 그러나 생각해 보십시오. 만약
에 로미오가 흡연가였다면 이야기가 달라졌을 겁니다. 그렇게
충동적으로 독을 마시기 전에 아마 줄리엣의 죽음을 슬퍼하면
서, 그리고 앞으로 어떻게 해야 할지 생각하기 위해 담배를 피
웠을 겁니다. 그러는 동안에 줄리엣은 죽음 같은 잠에서 깨어
나 둘은 행복한 재회를 했을 겁니다. 그러므로 로미오의 비극
은 담배를 피우지 않았다는 것입니다!"

학생들은 폭소를 터뜨렸다.

그러고 나서 상현이는 엉뚱한 결론을 내렸다.

"흡연은 몸에 나쁩니다. 셰익스피어는 죽음을 '그대를 천국
이나 지옥으로 부르는 종소리'라고 묘사했습니다. 여러분이 그
종소리가 빨리 듣고 싶어 흡연을 하신다면, 이왕이면 양담배가
아닌 우리나라 담배를 피웠으면 좋겠습니다."

어쨌든 많은 학생들이 상현이의 재치 있는 발상에 점수를 줘
서, 불리하리라는 예상을 뒤엎고 상현이의 조가 더 많은 표를
얻었다. 수업이 끝나고 나를 찾아온 상현이는 흡연 찬성 쪽 입

장을 옹호했으나 사실 자신은 비흡연자라고 했다. 그러나 부모님이 경북에서 담배 농사를 짓는데 양담배 수요가 늘어서 재배량도 많이 줄이고 가정 형편이 점점 더 어려워져서 그냥 우리 담배 홍보 좀 했을 뿐이라고 웃으며 말했다.

동생이 자신의 등록금을 거들기 위해 휴학을 하고 아르바이트를 하는 게 가슴 아프다던 상현이. 졸업하자마자 자신이 원하던 작은 벤처 기업에 취직을 했다고 들었을 뿐, 그 이후 소식이 없다.

하지만 담배 선전을 로미오의 실수에 갖다 붙일 정도의 재치와 기지, 창의력이라면 아마도 지금쯤 그 회사 사장님이 되어 있을지도 모르겠다.

감정의 백만장자

지난번에 신문에 글을 내면서 무심히 《로미오와 줄리엣》이 '셰익스피어의 4대 비극 중의 하나'라고 언급한 부분이 있었다. 그 글을 읽은 학생 하나가 내게 물어왔다. "선생님, 《로미오와 줄리엣》은 4대 비극 중의 하나가 아니잖아요?"

아차, 싶었다. 학생 앞에서 이 무슨 망신인가. 사실 영문학 전공자가 아닌 일반인을 대상으로 하는 상식 문제에도 "다음 중 셰익스피어의 4대 비극이 아닌 것은?"이라는 문제가 단골로 등장하고, 답은 《로미오와 줄리엣》이다. 통상 《햄릿》,《오셀로》,《맥베스》,《킹 리어》를 셰익스피어의 4대 비극으로 꼽고, 여기에《로미오와 줄리엣》은 들어가지 않는다. 구태여 변명을 하자면, 이는 셰익스피어의 의사와는 상관없이 1904년 A.C. 브래들리라는 비평가가《셰익스피어의 비극들》이라는 책에서 개인적 의견을 피력한 것을 후세 비평가들이 자주 인용한 데서 비롯된 것이다.

그래도 실수는 실수다. 중학교 때 그 슬픈 사랑 이야기가 너무나 애절하고 안타까워서 내 무의식 속에《로미오와 줄리엣》을 4대 비극에 끼워놓았는지, 곧잘 혼동하곤 한다.

'실수'라는 말을 들으면 생각나는 작가가 있다. 1983년 유학 시절에 1978년도 노벨 문학상 수상 작가인 아이작 싱어 Isaac Bashevis Singer, 1904~1991를 만난 적이 있다. 같은 유태인으로서 친분이 두텁던 영문과 교수님의 초대로 그해의 졸업식 축사를 하기 위해 내가 다니던 뉴욕 주립 대학에 왔었기 때문이다. 당시 내가 싱어의 작품《쇼샤Shosha》와《카프카의 친구A Friend of Kafka's》한국어 번역판을 갖고 있는 것을 알고 있던 교수님이 그 책을 저자에게 직접 증정하는 게 어떠냐고 제안하셨다. 유명한 작가를 개인적으로 만난다는 것이 더할 나위 없는 영광이었지만, 나는 적이 망설였다. 그때만 해도 아직 우리나라에 저작권이 발효되지 않았을 때라 그 책들은 정식 계약 없이 번역

되었기 때문이었다. 그러나 교수님이 거의 강요하다시피 해서 나는 싱어의 환영 파티에 참석하게 되었다.

환영 파티장인 미술대학 화랑 앞에는 총장 이하 다른 행정 요직에 있는 사람들이 모여 있었고, 교수님은 싱어에게 나를 소개했다. 키가 겨우 150cm나 넘을까, 그는 아주 작고 섬약한 체구에 완전 대머리였다. 80세의 나이에도 불구하고 커다란 눈은 마치 어린아이와 같은 천진함으로 가득 차 있었다. 나의 목발을 보더니 그는 내게 다가와서 나를 부축했다. 그러고는 노인성 관절염 때문에 나보다 더 걷기 어려워하면서도 계속 "층계 조심하고, 옳지, 천천히, 천천히 걸어……"라고 말하며 내 팔을 잡고 열심히 파티장으로 안내하는 것이었다.

칵테일 파티 스타일의 간단한 식사가 끝난 다음 사람들의 갈채를 받으며 내가 가져온 책 두 권을 싱어에게 증정했다. 책을 받아든 싱어는 재미있다는 듯, 한글로 옮겨진 자기의 작품을 열심히 뒤적였다. 그러더니 그의 눈이 어떤 페이지에 머물렀다. 그러고는 갑자기 자못 심각한 표정으로 내게 말했다.

"영희, 여기 아주 중요한 실수를 했군 그래……."

나는 가슴이 철렁 내려앉았다. 저작권 계약 없이 번역한 것을 들켰음에 틀림없었다. 나는 얼굴이 달아올랐다. "실수요…… 어떤 실수…….” 나는 더듬거리며 말했다.

그러자 싱어는 손가락으로 한 문장을 가리키며 “이게 오역이 잖아, 오역!” 하고 말하고는 온몸을 앞뒤로 마구 흔들어대며 웃기 시작했다. 주위 사람들도 모두 함께 따라 웃었고, 나는 그제야 우리말을 알 리가 없는 그가 농담을 하고 있다는 것을 깨달았다.

동시대의 다른 작가들이 엘리트 의식을 갖고 현학적 문체를 사용한 데 반해 싱어의 작품들은 쉽고 단순하면서도 감정적 여운이 크다. 싱어는 한 인터뷰에서 “모든 인간은 누구나, 설사 그 사람이 백치라 할지라도 감정의 백만장자이다”라고 말한 적이 있다. 그의 작품은 모두 원래 그의 모국어인 유대어로 쓰인 것을 영어로 옮긴 것인데, 노벨 문학상 수상 연설에서 그는 이렇게 말했다.

“스웨덴 한림원이 내게 준 이 영광은 나의 모국어인 유대어에도 주어진 것이라고 생각합니다. 유대어에는 ‘무기’나 ‘탄약’이라는 단어가 존재하지 않습니다…… 유대어는 잔잔한 해학, 매일매일의 삶, 아무리 사소한 것일지라도 우리가 성취해 내는 모든 일들, 그리고 우리가 맞닥뜨리는 모든 사랑과의 만남에 진정 감사할 줄 아는 언어입니다…….”

이는 단적으로 그의 작품 세계 자체를 요약하는 말이기도 하다. 그의 작품에는 늘 '모든 사랑과의 만남에 감사할 줄 아는' 따뜻함과 감동이 배어 있기 때문이다.

하지만 나는 싱어를 만나는 과정에서 아주 평범한 진리, 즉 사람은 죄 짓고는 못 산다는 걸 다시 확인했다. 지금도 아름다운 사람, '감정의 백만장자' 싱어를 생각하면 커다란 눈, 천진한 웃음 앞에서 철렁 내려앉았던 가슴이 생각난다.

대장님!

　　언젠가 어느 자폐증 환자가 쓴 시를 읽은 적이 있다. 자세히
기억은 안 나지만, 자신이 살고 있는 세계를 기차 바퀴가 요란
하게 굴러가는 레일 밑에 있는 작은 성으로 묘사하고 있었다.
그 성은 아주 단단한 벽으로 둘러싸여 있고, 자신은 그 속에 혼
자 몰래 숨어 사는 성주였다. 완전히 자기 속에 침잠해서 이 세
상을 새로운 눈으로 본 그 시는 환상적이고 신선한 이미지로
가득 찬 아름다운 시였다.
　　가끔 나는 소위 '정신이 나간', 또는 '정신이 모자란' 사람들
의 머릿속에서는 무슨 생각이 들어 있을까 궁금해지는 때가 있

다. 우리 '정상적인' 사람들이 아무런 근거 없이 동쪽은 이쪽이고 서쪽은 저쪽이고, 1년은 365일이고 1분은 60초, IQ 두 자리수는 바보고 150 이상은 천재고, 남자는 바지 입고 여자는 치마 입고 — 온갖 틀을 만들어놓고 이리저리 재고 따지고 돈이라는 종잇조각 때문에 싸우고 부딪치며 기차 바퀴에 깔려 조금씩 우리를 잃어가고 있는 동안, 레일 밑 작고 단단한 성에 살고 있는 그들은 나름대로 자신을 지키며 행복하게 살고 있는지도 모른다.

간혹 가다 학생들 중에 정신적인 문제가 있거나 '노이로제'라는 병에 걸려 휴학을 하고 병원 생활을 하다가 다시는 학교에 복귀하지 못하는 경우가 있다. 보통은 착하고 예민하고 내성적인 학생이 심하게 정신적인 충격을 받거나 어떤 계기로 정신을 놓고는 다시는 '정상적'인 생활로 돌아오지 못하는 것이다. 오래전 내가 가르쳤던 학생 중 관호가 그런 경우이다. 글쓰기를 좋아하던 관호는 1, 2학년 때까지는 공부를 썩 잘하더니군 제대 후 복학하고 나서는 심한 무기력증에 빠진 듯했다. 그러더니 어느 날부턴가 수업 시간에 엉뚱한 소리를 하고, 내게 '대장님!'으로 시작하는 일기식의 긴 편지를 남기곤 했다. 면담을 하고 부모님께 전화를 했으나 당시 꽤 높은 정부 요직에 있던 관호 아버지는 아들의 '이상한 행동'은 몸이 허약해서일 뿐이라며 병원에 데리고 가보라는 나의 권고를 완강히 거부했다.

결국 관호는 다음 학기에 휴학을 했고, 그 후 소식이 끊어졌다. 관호와 제일 친한 친구에게 소식을 묻다가 나는 관호가 그렇게 된 것은 부모가 강제로 사랑하는 사람과 헤어지게 하고 원하지 않는 사람과 결혼을 강요했기 때문이라는 것, 그리고 이제는 병이 더 깊어져 병원에 입원해 있고, 언제 학교로 돌아올지 모른다는 것을 알았다.

그런데 지난가을 나는 어떤 음식점에서 우연히 관호를 만났다. 그동안 살이 많이 찐 관호를 나는 알아보지 못했으나, 관호가 나를 알아보았다. 누나와 함께였는데, 누나의 말에 의하면 여전히 '정상적인' 사회생활을 못 하고 병원을 들락거린다고 했다. 이번에도 한 달 전에 퇴원했지만 상태가 또 나빠져 곧 다시 입원할 예정이라는 것이었다. 잠깐 자리를 같이했는데, 관호는 놀랍게도 거의 10년 전 나의 '20세기 미국 문학' 강의에서 읽었던 작품들을 완벽하게 기억하고 있었다. 엘리엇의 《황무지》의 유명한 구절들을 거침없이 외우는가 하면, 포크너의 《음향과 분노》 속의 인물 벤지나 '의식의 흐름' 기법에 대해 이야기했다.

"이렇게 엉뚱한 것들은 잘 기억하면서 오히려 쉬운 건 몰라요." 누나가 말했다. "시계도 거꾸로 보고 동서남북도 모르고, 오늘 아침에도 겉옷을 속에 입고 속옷을 겉에 입고 나와서 바꿔 입힌 거죠."

관호가 말한 윌리엄 포크너William Faulkner, 1897~1962의 《음향과 분노The Sound and the Fury, 1929》를 읽으면서 백치의 정신세계에 탐닉한 적이 있다. 1920년대 말 몰락해 가는 미국 남부의 상류계급인 콤프슨 가족을 그린 이 책은 각자 시점이 다른 네 개의 장으로 나뉘어져 있다. 1장은 이 집안의 막내이자 백치인 벤지가, 2장은 맏아들이자 수재이며 하버드 대학 학생인 퀜틴이, 3장은 둘째 아들이자 현실주의자인 제이슨이, 그리고 마지막 장은 이 집의 충실한 흑인 하인 딜지가 서술자로 등장한다. 전통적인 의미의 기승전결 구조와 극적 요소를 배제한 이 책은 의식의 흐름 기법으로 쓰여 각 장章마다 서술자의 의식 세계가 그대로 노출되고 있다.

이 중에서 내게 가장 인상 깊었던 부분은 소설이 시작되는 시점에서 서른세 살이 된 백치 벤지의 내면세계가 그려진 첫 번째 장이다. 추상적 사고를 하지 못하는 그의 세계는 오관을 거쳐 일어나는 경험 묘사로 가득 차 있다. 햇살 속에서 금테두리를 한 파란 풀잎들, 잔디 위에 꽂힌 빨간 깃발, 숲 사이로 부는 바람 소리, 따뜻한 벽난로, 푹신한 베개…… 완벽하게 감각적 경험 속에서만 존재하는 그의 세계는 '정상적인' 지력으로 조목조목 따지고 복잡다단하게 사는 우리들은 상상할 수조차 없을 정도로 선명하고 아름답다. 벤지의 의식 속에는 물리적 시간이 존재하지 않고, 과거와 현재가 맞물려 하나의 기억은 또 다른 기억을 불러일으키는데, 그 기억들은 결국 한 사람, 누나 캐디에게 귀착된다.

콤프슨가家의 외동딸 캐디는 독립적으로 한 장을 차지하고 있지는 않지만, 그녀야말로 이 이야기의 주축이 되는 인물이다. 자조적이고 무관심한 아버지와 자기 연민에 빠져 자식을 사랑할 줄 모르는 어머니 밑에서 캐디는 남자 형제들의 꿈과 희망의 상징이다. 벤지에게는 대리 엄마이고, 퀜틴에게는 가문의 명예, 제이슨에게는 출세의 수단이다. 그러나 캐디는 자신에게 주어지는 집안의 압력과 부담을 견디지 못하고 성적으로 문란한 생활을 하다가 결국 사생아를 남겨두고 집을 떠나고, 거의 근친상간적 사랑으로 누이에게 집착했던 퀜틴은 자괴감에 빠져 자살한다.

벤지에게 캐디는 항상 싱싱하고 풋풋한 나뭇잎 냄새로 연상

된다. 책이 시작되는 시점에서 캐디는 이미 집을 떠난 지 오래지만, 벤지는 어렸을 때 누나가 학교에서 돌아올 때면 집 밖에서 기다리던 대로 지금도 학교가 파할 시간이면 문밖에 나가서 캐디를 기다린다. 삭막한 가정에서 유일하게 자신에게 사랑을 준 누나를 그리며 캐디를 닮은 여자애들을 쫓아가지만, 주위 사람들은 그가 성욕을 억제하지 못한다고 생각, 그를 거세시킨다.

결국 이 이야기는 사랑과 이해의 결핍으로 빚어진 한 가족의 붕괴를 통하여 사랑의 중요성을 그리고 있다. 이 책에서 유일하게 마음을 열고 진정한 사랑을 할 줄 아는 인물은 벤지이지만 아이로니컬하게도 그는 바깥세계와의 소통이 완벽하게 단절되고 고립된 자기만의 성에 칩거하는 백치이다.

'음향과 분노'라는 제목 자체가 셰익스피어의 《맥베스》 5막 5장에 나오는 "삶은 아무런 의미도 없는 음향과 분노로만 가득한 백치의 이야기"라는 대목에서 따온 것인데, 어쩌면 이는 순수한 사랑을 이해하려 들지 않는 시대, 서로 잘났다고 떠들며 요란하게 굴러가는 기찻길 레일 밑에서 사랑이 전파되지 못하고 꼭꼭 숨어 있는 이 시대를 가장 잘 상징하는 말인지도 모르겠다.

마음이 너무 아파서 아예 마음을 버려버린 관호. 순수한 사랑을 이해하려 들지 않고 거세해 버리는 이 세상이 무서워 꼭꼭 숨어버린 관호. 관호를 만나고 오면서 나는 그때 관호가 왜 나를 "대장님!"이라고 불렀는지 생각해 보았다. 아마 내가 캄캄한 혼돈의 세계에서 싸워 자신을 이끌어주고 구해줄 수 있는 용감무쌍한 장군이 되어주리라 생각했는지도 모른다.

그러나 나는 오히려 서로 잘났다고 떠들며 요란하게 굴러가는 기찻길과 같은 이 세상에서 '대장님' 행세를 하고 소설 속의 사랑만 이야기하며 관호는 잊고 살고 있다.

Christian Krohg, *Villa Briannia, Belgium*, 1885

피콜라의 크리스마스

아마 독자들 중 〈시골 쥐와 서울 쥐〉라든가 〈해와 바람〉, 〈여우와 두루미〉 등 이솝 우화 하나쯤 읽지 않은 이는 없을 것이다. 독자들뿐만 아니라 아마도 인종, 나라, 세대를 초월해서 성경 다음으로 유명한 이야기로 이솝 우화들을 꼽을 수도 있다.

초등학교 4학년 때 교과서에 있던 〈여우와 까마귀〉라는 이솝 우화를 가르치시면서 담임이셨던 이인경 선생님은 이솝에 대해 말씀해 주셨다. 이솝은 기원전 6세기에 살았던 어느 부자의 노예였고 아주 눈에 띌 정도로 못생겼었다는 이야기, 그러나 이야기를 너무나 재미있게 잘해서 늘 다른 노예들이 그의 발치에 앉아 이야기 듣기를 좋아했다는 이야기 등. 그리고 이 솝 우화를 가르치시는 선생님답게 교훈도 잊지 않으셨다. "여 러분도 자신에게 좀 부족한 면이 있더라도 낙심하지 말고 재능 을 발휘하면 다른 사람들에게 기쁨을 줄 수 있다"고.

영겁처럼 오랜 세월이 흐른 지금에도 나는 이솝 우화를 읽으 면 못생긴 이솝이 여러 다른 노예들을 앞에 앉혀놓고 열심히 이야기를 하고 있는 모습이 떠오른다.

영문학을 전공하게 된 이후 나는 언젠가 호기심 삼아 이솝에 대해 읽어본 적이 있는데 이 선생님이 이야기하셨던 것과 다른 설說들이 많았다. 그 어디에도 이솝이 못생겼었다는 말은 나오 지 않고, 많은 학자들이 이솝은 그 당시 아주 흔한 성姓이었기 때문에 이솝 우화의 저자는 하나가 아니라 여럿일 수도 있다 는 가능성을 지적하고 있다. 현재 우리가 읽는 이솝 우화는 약 200여 개인데, 누가 어떤 이야기를 썼는지는 추적하기가 불가 능하다는 것이다.

그런데 몇 년 전 중학교 영어 교과서를 집필하다가 나는 우리 나라에서 발간된《이솝 우화집》에서 아주 재미있고 예쁜 이야 기를 하나 발견했다. 어쩐지 '이솝 우화'같지 않은 이야기였다.

피콜라라는 어느 가난한 소녀의 크리스마스 이야기인데, 우선 동물이 등장하지 않고(그러나 정식으로 '이솝 우화'로 명명되는 이야기 중에도 사람만 등장하는 이야기가 꽤 있다), '피콜라'라는 이름 자체가 너무나 현대적이고, 이솝 우화의 특징인 풍자와 아이러니가 없을뿐더러 메시지도 다른 이솝 우화와는 종류가 달랐다. 그리고 물론 가장 결정적인 것은, 만약 실제로 이솝이라는 이야기꾼 노예가 존재했다면 기원전 사람인데 어떻게 크리스마스에 대해서 썼겠는가.

이 문제의 작자 미상 이야기는 다음과 같다.

옛날 어느 작은 마을에 '피콜라'라는 소녀가 살았습니다. 피콜라의 아버지는 돌아가셨고 엄마는 너무나 가난했습니다. 크리스마스 이브였습니다. 피콜라는 엄마에게 물었습니다.

"엄마 산타 할아버지가 오늘 밤 우리 집에 오실까요?" 엄마는 슬프게 고개를 저었습니다. "아마 못 오실 것 같구나. 하지만 내년에는 꼭 오실 거야."

그래도 피콜라는 작은 나무 구두를 벗어 굴뚝 밑에 놓았습니다.

그날 밤, 눈폭풍 속에 헤매다 날개가 부러진 작은 새 한 마리가 피콜라의 집 굴뚝으로 떨어졌습니다. 작은 새는 피콜라의 나무 구두 속으로 들어갔습니다.

크리스마스 날 아침, 구두 속에 아무것도 넣지 못한 엄마는 걱정이 태산이었습니다. 피콜라가 얼마나 실망을 할까, 그렇지만 아무리 생각해도 피콜라의 나무 구두 속에 넣어줄 선물이 없었습니다.

피콜라는 일어나자마자 굴뚝 밑으로 갔습니다. 그리고 잔뜩 부푼 마음으로 구두 속을 들여다보았습니다. 아, 구두 속에는 날개가 부러진 작은 새가 있었습니다. 피콜라는 뛸듯이 기뻤습니다.

"엄마, 이것 봐요!" 피콜라는 구두를 들고 엄마에게 뛰어갔습니다. "거 봐요, 산타 할아버지가 날 잊지 않으셨어요. 이렇게 예쁜 새를 선물로 주셨어요. 다쳤으니까 내가 잘 돌봐줄 거예요."

사실 이 이야기는 이솝보다는 안데르센 이야기에 더 가까운 것 같지만, 이야기의 실제 작가가 누구인가는 그다지 중요하지 않다. 저자가 누구이든, 이솝이든, 안데르센이든, 톨스토이든, 아니면 이 선생님과 같이 제자들에게 삶의 지혜를 가르치는 어느 선생님이든, 중요한 것은 피콜라의 이야기가 우리에게 주는 메시지이다. 특히 한 해를 마무리하는 이때, 세상사에 파묻혀 잊었던 따뜻한 마음을 한 번쯤 다시 기억해 보게 하는 이야기가 아닌가.

태양 때문에…

덥다. 도시는 용광로 안처럼 이글거리고, 희뿌연 하늘에서 쏟아져 내리는 땡볕이 아스팔트를 녹인다. '살인적인 더위'라는 수식어가 무색하지 않다. 태양 때문에 온 세상이 타들어가고, 태양 때문에 현기증이 나고, 그리고 태양 때문에 알베르 카뮈Albert Camus, 1913~1960가 쓴《이방인The Stranger, 1942》의 주인공 뫼르소는 살인을 한다.

평범한 월급쟁이인 뫼르소는 양로원에서 죽은 어머니의 장례를 치르고 바로 다음 날 여자 친구와 수영을 하고 희극영화를 보며 희희낙락하고 함께 잠을 잔다. 그리고 나서 며칠 뒤에는 해변에서 친구와 다투고 있는 아랍인을 권총으로 쏘아 죽인다. 재판에 회부된 뫼르소는 그를 왜 죽였느냐는 재판관의 질문에 "그것은 태양 때문이었다"라고 답한다.

아무런 자발적 의도도 없는 살인을 종용할 만큼 강렬한 태양을 카뮈는 다음과 같이 묘사한다.

"뜨거운 햇볕이 뺨을 달궈 땀방울이 눈썹에 맺히는 것을 나는 느꼈다…… 그 햇볕의 뜨거움을 견디지 못하여 나는 한 걸음 앞으로 나섰다. 나는 그것이 어리석은 짓이며, 한 걸음 몸을 옮겨본댔자 태양으로부터 벗어날 수 없다는 것을 알고 있었다…… 바로 그때였다. 모든 것이 동요한 것은…… 하늘은 활짝 열리며 불을 뿜는 듯했다."

뫼르소는 재판과 세상의 부조리를 느끼며 감옥에서 모든 사람과 사물에 철저하게 무관심한 태도를 나타내고, 속죄의 기도조차 거부한 채 사형 집행일을 기다린다. 그러나 죽기 전날 그는 독방의 창밖으로 내다보이는 하늘을 보며 말한다.

"별들이 드리운 밤을 눈앞에 보며, 나는 처음으로 세상의 다정스러운 무관심에 마음을 열고 있었다."

자연의 "다정스러운 무관심"에 그는 아이로니컬하게도 "세계가 나와 다름없고 형제 같음"을 깨달으며 새롭게 마음의 평화를 느낀다. 그리고 "내가 외롭지 않다는 것을 느끼기 위하여…… 내가 사형 집행을 받는 날 많은 구경꾼들이 증오의 함성으로써 나를 맞아주었으면 하는 것뿐이다"라는 말로 이 수기手記 형태의 소설은 끝난다.

논리적 설명이 불가능한 뫼르소의 행동을 통해 카뮈는 기본적으로 삶의 허무와 부조리를 말하고 있다. 그저 관습에 의해 기계적으로 살아가는 일상생활 안에서 우리는 그러한 삶의 불가해함, 부조리함조차 느끼지 못하고 살아가고 있지만, 그러한 부조리의 인식이야말로 인간이 인간다워질 수 있는 기본 조건이라는 것이다. 뫼르소의 의식은 본능적 감각일 뿐, 깊은 애정도 후회도 기쁨도 모르고, 어머니의 죽음도 애인과의 사랑도 그의 의식을 흔들어 깨우지 못한다. 그러다가 죽음에 직면해서야 비로소 의식이 깨어나고 행복을 느끼는 것은 기막힌 모순이며 비극이지만, "증오의 함성"에서나마 인간애를 느끼고자 하는 뫼르소는 인간의 기본적 깨달음을 성취한 셈이다.

카뮈는 영역본 서문에서 "어머니의 장례식에서 눈물을 흘리지 않는 사람은 누구나 이 사회에서 사형을 선고받을 위험성이 있다"고 말한다. 사회의 대다수가 따르는 '기준'을 따르지 않으면, 즉 때로 자신을 숨기는 연극을 하지 않으면, 그가 살아가는 사회에서 이방인으로 취급될 수밖에 없다는 것이다. 뫼르소는 적어도 자신을 포기하는 연기를 하지 않았고, 그러므로 그는 끝까지 사회에서 추방당하는 이방인으로 남는다.

카뮈는 자신이 제일 좋아하는 열 개의 단어로 '세계, 고뇌, 대지, 어머니, 사람들, 사막, 명예, 가난의 고통, 여름, 바다'를 꼽았다. '가난의 고통'이나 '고뇌'가 들어간 것은 의외지만, 무감각하고 습관적인 삶보다는 잠자는 의식을 깨우는 치열한 고통과 고뇌가 있는 삶이 더 낫다는 말일지도 모른다. "하늘이 활짝 열리며 불을 뿜는" 더위의 고통을 겪어야 청명하고 아름다운 가을을 맞이할 수 있음과 같지 않을까…….

9

모든 삶의 과정은 영원하지 않다.
견딜 수 없는 슬픔, 고통, 기쁨, 영광과
오욕의 순간도 어차피 지나가게 마련이다.
모든 것이 회생하는 봄에 새삼 생명을 생각해 본다.
생명이 있는 한, 이 고달픈 질곡의 삶 속에도 희망은 있다.

Gustave Caillebotte, *Boulevard Seen from Above*, 1880

생명의 봄

"지금 난 미쳐버릴 것 같습니다. 더 이상 이 끔찍한 시기를 견디며 살아갈 수 없습니다. 이번에는 회복하지 못할 것 같아요. 환청이 들리고 일에 집중하지 못하겠습니다. 이제껏 나의 모든 행복은 당신이 준 것이고, 이제 더 당신의 삶을 망칠 수 없습니다."

정확히 63년 전인 1941년 3월 28일, 《등대로》, 《미세스 댈러웨이》, 《세월》 등의 작가 버지니아 울프는 이런 글을 적은 쪽지를 남편에게 남겨놓고 산책을 나가서, 돌멩이를 주워 외투 주머니에 가득 넣고 우즈강으로 뛰어들었다. 제임스 조이스와 함께 '의식의 흐름' 기법으로 알려진 영국 최고의 모더니스트 작가는 이렇게 스스로의 삶을 마감했다.

　예술가나 작가 중에는 유난히 버지니아 울프처럼 자살로 삶을 마감한 사람들이 많다. 반 고흐나 차이코프스키가 그렇고, 작가 중에 미국 시인 하트 크레인은 보트에서 뛰어내렸고, 랜들 자렐은 신혼여행 가는 자동차에 뛰어들었고, 실비아 플라스는 가스 오븐에 머리를 박고 죽었다. 사라 티즈데일은 떠나간 연인에게 〈나 죽으면 그대는……〉이라는 아름다운 서정시를 유서 대신 써놓고 수면제를 먹었고, 또 다른 미국 시인 앤 섹스턴도 몇 번의 시도 끝에 결국 자살에 성공했다.

　어니스트 헤밍웨이는 그림자처럼 다가오는 치매기에 대한 공포와 우울증을 견디지 못하고 1961년 6월 권총 자살했다. 1928년에는 그의 아버지가 똑같은 방식으로 자살했었으며 그의 형, 누이에 이어 1996년에는 손녀이자 유명한 배우였던 마고 헤밍웨이가 자기 할아버지의 기일에 자살함으로써 한 가족 중 다섯 명이 자살한 기록을 갖고 있기도 하다.

　일본 문학에서도 미시마 유키오, 가와바타 야스나리, 다자이 오사무 등 굵직굵직한 작가들이 모두 스스로의 재능을 자살로 마감했다. 우리나라 작가 중에는 얼핏 생각나는 이가 〈봄은 고

양이로소이다)를 쓴 이장희가 있다. 청산가리를 먹고 고통스러워하는 이장희를 그의 아버지가 발견, 숟가락으로 아들의 입을 벌리려고 필사적으로 노력했지만 그는 악착같이 입을 다물고 죽음을 택했다.

미국에서는 창의력과 자살 충동에는 모종의 관계가 있고, 시인이나 작가가 보통 사람들에 비해 중증의 우울증에 걸릴 확률이 네 배 정도 높다는 연구가 발표된 바 있다. 그렇지만 꼭 작가나 예술가가 아니더라도 요즘 우리 주변에는 너무나 자살이 많다. 마치 추풍낙엽처럼, 걷잡을 수 없이 생명들이 불 속으로, 물 속으로 뛰어든다.

성서 구절을 실제 상황에 적용시켜 해석해 놓은 유대교의 《미드라시*Midrash*》에 다음과 같은 일화가 있다고 한다.

어느 날 다윗 왕이 보석 세공인에게 "반지 하나를 만들되 거기에 내가 큰 승리를 거둬 기쁨을 억제하지 못할 때 감정을 조절할 수 있고, 동시에 내가 절망에 빠져 있을 때는 다시 내게 기운을 북돋워줄 수 있는 글귀를 새겨 넣어라"는 명령을 내렸다. 좀처럼 그런 글귀가 생각나지 않자 보석 세공인은 지혜롭기로 소문난 솔로몬 왕자를 찾아갔다.

도움을 청하니 왕자가 답했다. "그 반지에 '이것 역시 곧 지나가리라'고 새겨 넣으십시오. 왕이 승리감에 도취해 자만할 때, 또는 패배해서 낙심했을 때 그 글귀를 보면 마음이 가라앉을 것입니다."

모든 삶의 과정은 영원하지 않다. 견딜 수 없는 슬픔, 고통, 기쁨, 영광과 오욕의 순간도 어차피 지나가게 마련이다. 모든 것이 회생하는 봄에 새삼 생명을 생각해 본다. 생명이 있는 한, 이 고달픈 질곡의 삶 속에도 희망은 있다.

전쟁과 평화

"이라크에 폭탄을 떨어뜨린다고 하면, 사람들은 군복을 입은 사담 후세인의 얼굴이나, 총을 들고 콧수염을 기른 군인들의 얼굴을 떠올립니다. 하지만 아세요? 이라크에 살고 있는 2,400만 명 중 절반 이상이 15세 미만의 어린이들이라는 것을. 이라크에는 1,200만 명의 아이들이 살고 있습니다. 바로 저와 같은 아이들이지요. 저를 한번 보세요. 찬찬히, 그리고 아주 오랫동안. 이라크에 폭탄을 떨어뜨릴 여러분은 제 모습을 떠올리십시오. 여러분은 바로 저 같은 아이들을 죽이려고 하고 있기 때문입니다."

인터넷을 통해서 전 세계로 퍼지고 있는 미국의 13세 이라크 소녀 샬롯 앨더브론의 연설문 첫 부분이다. 오늘 오후 누군가 영문과 게시판에 붙여놓은 이 가련한 호소문을 읽고 무거운 마음으로 인문관을 나오는데, 며칠 전만 해도 분명히 벌거벗은 가지뿐이었던 목련과 진달래가 어느새 활짝 피어 있었다. 어디를 향해도 들리는 것은 전쟁의 참담한 소식뿐인데, 무심한 봄은 어김없이 다시 찾아와 우리의 마음을 혼란스럽게 한다. 문득 쳐다본 하늘은 햇빛이 눈부시고 구름 한 점 없이 얄미울 정도로 파랗다.

사실주의 문학의 백미, 전쟁문학의 최고 걸작인 톨스토이Leo Tolstoy, 1828~1910의 《전쟁과 평화War and Peace, 1865~1869》는 총 네 권으로 이루어지고 우리말로 1,200페이지에 달하는 대작이다. 1805년, 나폴레옹의 통솔하에 유럽을 석권한 프랑스군과 러시아 사이에 전쟁이 일어나고, 청년 공작公爵 안드레이 볼콘스키는 빛나는 미래와 영광을 꿈꾸며 전장으로 나간다. 비슷한 시기에 유학에서 돌아온 안드레이의 친구 피에르 베주호프는 사생아이지만 아버지의 유언에 따라서 전 재산을 상속받아 일약 사교계의 총아가 된다. 도합 559명에 달하는 인물들이 등장하지만 결국 소설은 이 두 사람과 또 다른 귀족 로스토프가의 딸이자 생명의 화신같이 발랄한 여주인공 나타샤를 중심축으로 해서 이루어진다.

톨스토이는 침략군에 대한 러시아 민족의 항쟁이라는 기본적인 주제를 다루고 있지만, 운명적으로 얽히고설킨 각 인물들의 사랑, 슬픔, 고뇌를 다루고 있어 단순한 역사소설의 범주를 넘는다. 혹자는 이 소설의 제목이 '전쟁과 평화'가 아니라 '전쟁과 민중'이어야 한다고 주장하는데, 궁극적으로 톨스토이는 이 작품에서 위선과 허위에 찬 귀족 사회와는 대조적으로 러시아를 지탱하고 있는 민중에 대한 깊은 애정을 담고 있기 때문이다.

그 대표적인 한 사람으로 러시아적인 소박성과 진실성, 선량함의 상징인 농민 플라톤 카라타예프가 있다. 나폴레옹 암살을 꾀하다가 붙잡혀 포로수용소에 들어간 피에르는 카라타예프를 만나 영혼적 스승으로 삼는다. 그를 통해 "신의 의지에 의하지 않고는 인간의 머리에서 머리카락 한 오라기도 떨어지는 일이 없는 그런 위대한 신"이 있다고 확신했기 때문이다. 그래서 톨스토이는 '검의 영웅' 나폴레옹을 전면적으로 부정하고, 그와 대조시켜 카라타예프를 '정신적 영웅'으로서 찬양한다. (수백 명을 헤아리는 등장인물들도 궁극적으로는 나폴레옹(惡)과 카라타예프

(善)를 양극으로 하여 그 사이에 배열되어 있다고 할 수 있다.)

안드레이는 나폴레옹과의 결전에서 중상을 입고 쓰러졌다가 문득 정신이 들어 머리 위의 푸른 하늘을 보고 이제까지 깨닫지 못했던 고요, 경외를 느끼고 삶의 계시를 받는다.

"어째서 지금까지 저 높은 하늘이 눈에 띄지 않았을까? 그러나 이제라도 이것을 알게 되었으니 나는 정말 행복하다. 그렇다! 저 끝없는 하늘 외에는 모든 것이 공허하고 기만이다. 저 하늘 이외에는 아무것도, 아무것도 존재하지 않는다."

또 안드레이의 입을 통해 톨스토이는 말한다.

"연민, 사랑하는 사람에 대한 사랑, 우리를 미워하는 사람에 대한 사랑, 적에 대한 사랑, 그렇다. 이것은 신이 이 땅 위에서 가르친 사랑이다."

안드레이가 쳐다본 푸른 하늘 아래 오늘도 지구 한쪽에서는 '평화'를 위장한 살상이 벌어지고 있다. 그리고 그 잔인한 살육의 장본인은 말끝마다 "신이여, 미국에게 축복을!God bless America!"이라고 외친다. 하늘이 무섭다.

오만과 편견

미국 친구에게서 들은 이야기이다. 초등학교에 다니는 아들 아이가 집에 오면 늘 학교에서 친하게 지내는 '자니'라는 아이에 대해 말했다. 친구는 자니가 어떤 애인지 궁금했다. 그런데 어느 날 함께 산책을 하는데 아이가 외쳤다.

"엄마, 저기 자니가 오네요, 저 애가 자니예요!"

아이가 가리키는 쪽을 보니 흑인 아이와 백인 아이가 자전거를 타고 나란히 오고 있었다. 친구가 "어느 쪽 아이? 흑인 아이, 아니면 백인 아이?"라고 물어보려는 찰나, 아이가 흑인 아이를 가리키며 말했다. "엄마, 저 빨간색 자전거 탄 아이요, 걔가 자니예요." 친구는 말했다. 아이 눈에는 흰 얼굴, 검은 얼굴이 중요한 것이 아니라 빨간색 자전거가 더 신기하고 눈에 띈 모양이라고. 피부 색깔로 사람을 구별하고 외양으로 사람을 판단하는 것 자체가 어른들이 갖는 편견인지도 모른다고 덧붙였다.

'편견'이라는 말은 내 개인적 소견이나 편의대로 남의 겉모습, 첫인상만 보고 성급하게 판단해 버리는 경우에 사용된다.

영국 작가 제인 오스틴Jane Austen, 1775~1817의 대표작《오만과 편견Pride and Prejudice, 1813》도 사실은 그녀가 젊었을 때 '첫인상'이란 제목으로 습작했던 작품을 후에 개작하여 새로 제목을 붙인 것이다.

영국 하트포드셔의 작은 마을에 사는 베넷가家에는 다섯 자매가 있는데, 그중 위의 두 명이 혼인 적령기를 맞고 있다. 아름답고 온순한 맏딸 제인에 비해, 둘째 딸 엘리자베스는 지적이고 총명하다. 자칭 '성격 연구가'인 엘리자베스는 근처에 새로 이사 온 젊은 신사 빙리의 친구 다아시의 첫인상만 보고 신분만을 내세우는 오만한 남자로 생각한다.

다아시는 활달하고 재기발랄한 엘리자베스를 사랑하게 되지만, 엘리자베스는 편견으로 다아시에게 반감을 갖는다. 그러나 여러 가지 사건과 집안 문제에 부딪히면서 엘리자베스는 결국 자신의 편견을 버리고 다아시가 너그럽고 사려 깊은 인물이라는 사실을 깨닫게 된다. 다아시는 빙리와 제인의 결혼을 주선하고 이어 다아시와 엘리자베스도 서로를 이해하고 사랑과 존경으로 맺어진다는 이야기이다.

겉으로 보기에는 단순히 두 자매의 결혼 성공담에 불과한 것 같지만 이 작품은 이야기를 극적으로 전개하는 절묘한 구성과 함께 정교한 문체, 유머, 그리고 무엇보다 날카로운 성격묘사로 영문학의 백미에 속한다. 그러나 결국《오만과 편견》에서 오스틴이 다루는 주제는 한 사람의 편견이 다른 사람을 평가하는 데 걸림돌이 될 수 있고, 그 편견이 사라질 때에야 진정한 인간관계가 이루어질 수 있다는 것이다.

우리말에서 '편견'이라는 말은 으레 '장애인'에 연결되는 경우가 많다. 장애인 주간을 맞아 언론에서 서로 질세라 떠드는 '장애인에 관한 편견 타파!'라는 홍보성 슬로건 뒤에 숨은, 작지만 의미 있는 선거 이야기를 들었다. 서울 은평구에 있는 어느 초등학교에서 있었던 전교 어린이 회장 선거 이야기이다.

청각장애 2급의 태민이가 후보로 나설 때 어머니는 혹시나 태민이의 장애가 놀림거리가 될까 봐 반대했지만, 반 친구들이 찾아가 "태민이가 못 하는 것은 저희들이 도울 테니 할 수 있게 해주세요"라고 설득했다. 화려한 미사여구를 달변으로 말할 수 없는 태민이는 단지 "나보다 남을 먼저 배려하는 어린이가 되겠습니다"라는 선거공약을 내세웠고, 당선이 됐다. 다른 네 명의 후보자들도 선거운동 기간 내내 태민이의 장애를 약점으로 거론하는 등의 치사한 일은 하지 않았다.

살아가면서 자꾸 '오만과 편견'의 표피만 키워, 나 듣고 싶은 것만 듣고 나 보고 싶은 것만 보며 사는 어른들에게, 얼굴 색깔보다는 자전거 색깔을 보고 번지르르한 말보다는 마음을 들을 줄 아는 아이들의 반듯한 이야기가 새삼스럽다.

암흑의 오지

무심히 신문을 뒤적이다가 충격적인 사진을 보았다. 마치 고기잡이에 쓰는 것과 흡사한 커다란 그물로 사람을 잡고 있는 사진이었다. 기사 내용인즉슨, 서울 출입국 관리 사무소가 불법체류 외국인을 단속하기 위해 '그물총'을 사용했다는 것이다. 압축된 공기를 이용해 쏘면 사방 10m 안에 있는 사람에게 그물을 씌워 붙잡을 수 있는 발사 장치라고 했다. 그래서 마치 짐승을 포획하듯이 그물을 뒤집어씌워 사람을 꼼짝 못 하게 해서 잡는 것이다.

참으로 할 말을 잃게 만든다. 도대체 인간이 어디까지 내려

갈 수 있는가. 그러니까 또 생각나는 게 있다. 베트남 사람들이 사용하는 한국어 교본은 "나도 인간이에요, 때리지 마세요"를 한국에서 일할 때 꼭 알아두어야 할 관용 표현으로 가르친다고 한다. 인도네시아에 사는 친구의 말을 빌리면, 현지 노동자들의 노동을 착취하고 야반도주하는 고용인들 중 태반이 한국 사람들이라고 한다.

언제부터인가 눈만 뜨면 떠드는 '세계화'는 실상 자존심도 오기도 없는 '강국화'일 뿐, 힘없고 가난한 나라 사람들을 짐승, 버러지만큼도 취급하지 않는 것이 진정 '세계화'인가. 사실 따지고 보면 불과 30여 년 전만 해도 우리 부모 형제들도 바로 지금 우리가 인간 취급도 안 하는 외국인 노동자였다. 그때 간호사로 광부로 낯선 나라에 가서 고된 노동을 하고 고향에 부친 달러는 겨우 우리가 인간과 짐승도 구별 못 하는 '부자'가 되는 데 일조했을 뿐인가 보다.

〈지옥의 묵시록〉이라는 제목으로 프랜시스 코폴라 감독이 영화로 만들었던 조지프 콘래드Joseph Conrad, 1857~1924의 《암흑의 오지Heart of Darkness, 1899》는 바로 이렇게 인간이 어느 정도까지 타락할 수 있는가에 관한 주제를 다룬 소설이다.

선원 말로는 아프리카 상아를 수집하는 회사의 오지 출장소

소장 커츠를 귀환시키는 임무를 맡아 배를 타고 콩고강을 거슬러 올라간다. 말로는 가는 곳마다 백인들로부터 커츠에 대한 칭송을 듣는다. 한 번도 만난 적이 없지만, 그의 적까지도 '인간애와 과학, 그리고 진보 정신의 사절'로 평가하는 커츠에 관한 말로의 호기심은 점차 커간다. 문명을 선도하는 백인으로서 원주민을 교화·개선해야 한다는 위대한 명분을 주창하며 암흑의 오지 콩고로 떠난 커츠가 그곳에서 무엇을 이룩하고 어떻게 원주민을 구원했는지 말로는 알고 싶어 한다.

그러나 막상 현지에 도착하니 상황은 말로가 상상했던 것과 판이했다. 커츠는 이미 인간이기를 포기한 사람이었다. 문명의 계율을 벗어난 '암흑의 오지'에서 그는 온갖 무자비한 수단을 다하여 상아를 긁어모으고, 총으로 제압한 원주민들로부터 살아 있는 신으로 숭배받고, 불복종하는 원주민들을 죽여서 목을 잘라 장대에 꽂아 울타리를 치는 등 악의 화신이 되어 있었다. 커츠는 여전히 자신의 위대한 명분을 웅변으로 떠들며 "야만인들의 씨를 말려라"라고 적혀 있는 문서를 말로에게 준다.

그러나 커츠는 콩고강 귀항선상에서 "정말 끔찍하다, 끔찍해!"라는 말을 마지막으로 열병으로 죽는다(영미 문학에서 가장 잘 알려진 유언이다). 문명의 가면을 벗은 인간의 악마성과 19세기 제국주의, 인종차별의 광기를 상징하는 인물 커츠는 죽음의 순간에서야 자신의 삶에 대한 통렬한 자기반성에 다다른 것이다.

그래서 《암흑의 오지》는 결국 인간의 내면 탐구 여행이며 우리 마음 깊숙이 자리 잡고 있는 악의 그림자에 대한 경고이다. 시인 박노해는 '사람만이 희망이다'라고 노래했다. 맞다. 사람만이 희망이다. 그러나 사람이 사람답지 못할 때는 사람만이 절망이기도 하다.

공포영화와 삶

초등학교 4학년 조카 건우가 요새 무서운 이야기에 심취해 있다. 책방에 가도 일부러 무서운 이야기 책만 고르고 비디오도 무서운 것만 보면서 틈만 나면 내게 이야기해 주기도 한다. "어떤 애가 밤에 혼자 공부를 하는데 창밖으로 누가 쓱 지나가더래. 그냥 무심히 공부를 계속하다 생각하니 그 방이 2층이었대……." 하루 종일 일부러 무서운 이야기만 읽고 밤에는 실내 화장실인데도 무섭다고 제 엄마나 나를 문밖에 세워놓으면서 다음 날이면 또 무서운 이야기만 찾는다.

안 그래도 무더위 탓인지 주변에 공포 드라마나 영화가 인기인데, 문학작품 중 납량 특집을 대라면 단연 에드거 앨런 포 Edgar Allan Poe, 1809~1849의 〈어셔가家의 몰락The Fall of the House of Usher, 1839〉을 들 수 있다.

전통 있는 집안의 후손이자 친구인 로더릭 어셔의 긴급한 편지로 초대된 일인칭 화자 '나'는 음침한 어느 가을날 어셔의 저택을 찾는다. 오랜만에 만난 어셔는 극심한 우울증에 시달리고 있었다. 화자가 도착하고 나서 얼마 후 어셔는 병중에 있던 쌍둥이 누이동생 매들린이 죽었다는 소식을 전하고, 둘은 함께 매들린의 시신을 지하실에 매장한다. 며칠 후 폭풍우 치는 어느 날 밤, 알지 못할 공포에 시달리는 로더릭에게 화자가 책을 읽어주는데, 매장했던 매들린이 피투성이가 되어 나타나 오빠 앞에 쓰러지고, 그 자리에서 남매는 둘 다 숨진다. 이 무서운 사건을 목격한 화자가 겁에 질려 밖으로 달아나다가 뒤돌아보니 어셔가의 저택은 두 동강이 나며 늪 속으로 침몰하고 있었다.

"피 흘리듯 새빨갛고 둥그런 보름달 빛이…… 벽의 갈라진 틈새로 밝게 비치고 있었다. …… 그 거대한 벽이 무너지며 산산조각 쏟아져 내리고…… 거센 파도 소리와도 같은 길고 요란한 고함 소리가 들리더니, 내 발밑의 깊고 어두침침한 늪이 소리도 없이 음침하게 어서 저택의 파편을 삼켜버렸다."

시인이자 소설가이며 추리소설과 미국 비평문학의 창시자로서 미국 문학사에서 확고한 위치를 차지하고 있는 포는 한마디로 시대를 잘못 타고난 천재였다. 세 살 때 고아가 되어 담배 상인인 앨런의 양자로 갔으나 양아버지와 사이가 좋지 못하였고, 조숙하고 예민한 그는 14세 때 친구의 어머니를 사랑하는 등 늘 고독과 소외감에 시달렸다. 17세 때 버지니아 대학에 입학하였으나, 양아버지의 송금이 끊어져 학비를 마련하기 위해 도박을 하다 큰 빚을 지고 퇴학당한다. 27세 때는 숙모의 열네 살 난 딸 버지니아와 결혼했으나 버지니아는 11년 만에 병으로 죽고 40세가 되던 1849년 자신도 술에 취해 길거리에서 객사한다.

그는 가난·알코올 중독·정신착란, 주위의 몰이해와 편견 속에서 짧고 불행한 생애를 보냈으나 그런 고통을 통해 독창적인 창작 활동을 했다. 그의 소설은 대부분 죽음과 공포를 소재로 하고 있지만 일종의 괴기미怪奇美가 있다. '시는 미美의 운율적 창조다'라는 유미주의 사상으로 주로 아름다운 여인의 죽음을 소재로 한 그의 시들은 순수 서정시로서 암울한 시적 아름다움을 담고 있다. 그는 도덕적 교훈을 전하는 매개체로서의 문학의 역할을 철저히 부정했고, 그 때문에 당시 미국 문단에서 이단자로 취급당했다.

다시 건우 이야기로 돌아가서, 새삼 생각하니 나도 건우 또래 때에는 그렇게 무서운 얘기를 좋아했던 것 같다. 그런데 점점 나이 들어가면서 괴담이나 공포 이야기에 대한 나의 흥미는 점차 시들해졌다. 비단 나만은 아닌지, 신문에 요즘 새로 개봉된 공포 영화평에 "20대 젊은 관객들의 호응이 대단하다"는 말이 눈길을 끈다.

그럼 '늙은' 관객들은 별로 호응이 없다는 말인지. 사실 밤에 혼자 산속을 갈 때 제일 무서운 것은 호랑이도 늑대도 귀신도 아닌, 사람을 만나는 일이라고 한다. 갑자기 강도나 '유영철' 같은 희대의 살인마로 돌변할 수도 있으니 사람이 귀신보다 더 무섭다는 이야기다.

아, 어쩌면 그래서 나이가 들수록 공포영화가 시들해지는지 모른다. 이리저리 부대끼며 살면서 어떤 때는 사는 게 무섭고 사람들이 무서운데, 일부러 영화관에 찾아가서 볼 필요가 없다는 생각에…….

내 뼈를 묻을 곳

이제 며칠 후면 2월, 1년간의 안식년을 끝내고 다시 한국으로 돌아갈 짐을 싸기 시작해야 한다. 보스턴에서의 1년 — 세계 최고의 명문 대학이라는 데서 세계 최고 석학들의 강의를 듣는 지적知的 귀족 생활을 누렸고, 강의 준비나 끝도 없이 계속되는 회의들, 이런저런 잡무도 다 잊어버리고 오랜만에 홀가분하게 내가 읽고 싶은 책을 읽고 내가 하고 싶은 일을 하는 여유로운 생활을 했다.

또 장애가 무슨 특권이나 되는 듯한 이곳에서 목발의 위력으로 참으로 융숭한 대접을 받았으며 교통 체증 없이 뻥 뚫린 길에서 시원스레 운전하며 아름다운 경치, 풍부한 문화생활을 즐기기도 했다.

강단에 서고 나서 10여 년간 고대하며 꿈꾸었던, 그런 이상적인 삶이었다.

그런데 이상한 것은 이 모든 것을 누려도 왠지 붕 떠서 발이 땅에 닿지 않는 느낌, 밥을 많이 먹어도 어쩐지 배 속이 허전하고, 구두 위로 발등을 긁는 것처럼 무언가 부족한 느낌, 아니 좀 더 극적으로 표현한다면 이곳은 내 뼈를 묻을 곳이 아니라는 느낌이 언제나 마음 한구석에 자리 잡고 있었다.

이곳에 온 지 얼마 안 되어 어느 일본 학자가 내게 물었다.

"얼마 전 일본 텔레비전에서 한국에 관한 프로그램을 보았는데, 아이들 교육 때문에 누구든 한국을 떠나고 싶어 한다는데 그게 사실인가요?"

그 전날 인터넷을 통해 본 어느 일간지의 기사 제목이 '희망 없는 나라, 떠나고 싶은 나라'였던 것을 상기하며 나는 "좀 그런 경향이 있다"고 얼버무렸다.

일본 학자는 눈을 크게 뜨고 말했다. "그러면 한국을 잃어버릴 텐데요! 한국 사람들은 한국에 관한 긍지가 없습니까?"

그것은 비아냥거림도, 질타도 아닌 순수한 놀라움이었다. 미오꼬라는 그 일본 학자는 미국에 머무는 동안 일본을 소재로 작품을 쓴 미국 작가들을 연구할 것이라고 했다.

한국을 소재로 작품을 쓴 대표적 작가로는 미국 여류 작가 펄 S. 벅Pearl S. Buck, 1892~1973이 있다. 노벨상을 수상한 저명한 작가가《북경에서 온 두 처녀》,《새해》,《정오》,《살아 있는 갈대》 등 네 권씩이나 한국에 대해 썼다는 것은 무척 자랑스러운 일이다. 잘 알려져 있지 않지만 펄 벅 외에 우리나라를 소재로 작품을 쓴 작가로는 1980년대 대학가의 필독서로 여겨졌던 《강철군화The Iron Heel, 1908》의 저자 잭 런던Jack London, 1876~1916이 있다. 그의 야심작《스타 로버The Star Rover, 1915》는 여러 에피소드로 구성되어 있는데 이 중 제15장章이 한국 삽화이다. 간혹 역사적 사실에 관한 오류가 눈에 띄지만, 미국 문학의 중요한 작가가 한국 역사와 문화를 배경으로 한국인들이 등장하는 에피소드를 썼다는 것 자체가 흥미를 끈다.

잭 런던은 노·일전쟁의 종군기자로 1904년 2월에 한국에 와서 약 두 달간 머무른 적이 있다. 그러나 그동안 한국에 관해 그토록 많은 지식을 얻었다는 것은 믿기 어렵다. 추측컨대 그가 갖고 있던 한국에 관한 지식은 그가 미국으로 귀국한 후에 읽은《한국의 죽음The Passing of Korea, 1906》이라는 책에 힘입은 바

크다.

기독교 전도사 겸 교육자로서 26년간 한국에 살았던 호머 헐버트Homer Hulbert, 1863~1949 목사가 쓴 이 책은 자율권을 박탈당하고 일본의 식민지 체제로 들어가는 한국의 정치적·문화적 '죽음'에 대한 애석함을 담고 있다. 서문에서 헐버트는 이러한 비극에 동참한 미국을 비롯한 다른 열강들을 신랄하게 비난하면서, 자신이 이 책을 쓰는 이유는 한국 민족이 열등 국민이고 문화적으로 빈곤하다고 생각하는 사람들에게 한국의 정치 상황과 풍부한 문화를 소개하려 함이라고 밝힌다.

그래서 이 책은 "참혹한 지경에 빠진 한국에 대한 애정"에서 비롯되었고, "한 나라가 사라지는 것은 어차피 슬픈 일이지만 신화의 시대로 거슬러 올라갈 만큼 역사가 길고, 찬란한 과거의 기념비로 가득 찬 나라가 사라지는 것은 더욱 슬프다"면서 절절하게 안타까움을 토로하고 있다. 그는 또 한국은 문명이 극도로 발달된 나라로서, 반半야만적이었던 일본에 처음으로 문화를 가르친 나라라고 소개하기도 한다. 470쪽, 35장章에 달하는 이 책에서 그는 한국의 역사는 물론, 풍물·풍습·예술·종교·민화 등을 놀라울 정도로 해박한 지식으로 상세하게 서술하고 있다.

헐버트는 1907년에 일본 정부에 의해 강제 출국당했으나, 미국에서도 강연·집필 등을 통해 한국의 독립을 위해 투쟁했다. 후에 그는 1949년, 86세 때 이승만 대통령의 초청으로 한국에 왔다가 일주일 만에 병으로 사망했다. 현재 합정동의 외국인 묘지에 있는 그의 묘비에는 그의 유언이 적혀 있다.

"나는 웨스트민스터 사원에 묻히기보다 한국에 내 뼈를 묻겠다."

얼마 전에는 코네티컷에 갔다가 우연히 자식들 교육 때문에 10여 년 전 미국으로 이민 왔다는 김 선생을 만났다. 그는 나름대로의 교육론을 폈다.

"할 놈은 한국 아니라 아프리카 원시 부락에 갖다 두어도 하고, 안 할 놈은 미국 아니라 어디 갖다 두어도 안 합니다."

한국에서는 중학교 교사였는데 이곳에 와서 세탁업을 하면서 고생을 많이 했다는 그는 또 덧붙였다.

"미국으로 이민 온 것을 이제 와서 후회는 안 합니다. 경제적으로도 이젠 꽤 살만 하고, 아이들도 다 대학에 보냈지요. 영어도 이젠 별 큰 문제 없고요. 그런데 참 이상하지요. 가사를 다 알아들어도 엘비스 프레슬리 노래를 들으면 그냥 그저 그런데,

심수봉 노래를 들으면 가슴을 펑펑 때리는 게, '웬수' 같아도 내 나라, 내 핏줄이기 때문이 아닐까요."

이제 돌아가면 다시 해도 해도 끝없는 잡무, 채점, 강의 준비로 늘 잠이 모자라 틈만 나면 조는 생활이 다시 나를 기다리고 있을 것이다. 그래도 이제 1년 만에 '웬수 같은' 내 나라, 내 핏줄이 있고 내 뼈를 묻을 곳으로 돌아가는 마음이 벅차다.

'문학은 인간이 어떻게 극복하고 살아가는가를 가르친다.'
그렇다 문학은 삶의 용기를, 사랑을, 인간다운 삶을 가르친다.
문학 속에 등장하는 인물들의 치열한 삶을, 그들의 투쟁을,
그리고 그들의 승리를 나는 배우고 가르쳤다.
문학의 힘이 단지 허상이 아니라는 걸 증명하기 위해서도
나는 다시 일어날 것이다.

Birger Sandzén, *Sunset Over The Trees*, 1910

어느 가을날의 추억

부드러운 음성이 사라져도 그 음악은

추억 속에 메아리치고

달콤한 오랑캐꽃이 져도 그 향기는

감각 속에 생생하게 남습니다

장미꽃이 져도 그 꽃잎은

사랑하는 이의 잠자리를 뒤덮습니다

그러므로 당신이 떠나도, 당신에 대한 생각은

내 마음에 사랑으로 남을 것입니다.

사랑하는 이가 떠나도 추억은 영원히 남을 것이라는 사랑의 영원성을 노래한 이 시는 영국 낭만주의 시인 퍼시 비시 셸리 Percy Bysshe Shelley, 1792~1822의 작품이다. 오래된 자료를 뒤지다가 우연히 발견한 형민이의 습작 노트 첫 장에 인용된 시였다. 벌써 10년 전쯤 되었을까. 교양영어 시간에 가르쳤던 전산과의 형민이가 어느 날 불쑥 나타나 자신의 시를 읽고 비평해 달라고 했다. 얼핏 들춰 본 시들은 이미지가 설익고 너무 환상에 치우쳐 있었다.

형민이는 시인이 되고 싶지만, 아버지의 전자상을 물려받으라는 집안의 압박을 견디다 못해 가출했다고 했다. 하루 종일 도서관에서 시를 쓰고 밤에는 교회에서 새우잠을 잔다는 형민이는 수염이 더부룩하고 초췌한 모습에 늦가을인데도 얇은 점퍼 차림이었다.

"당장 집으로 돌아가라, 시는 허공에서 나오는 것이 아니다. 진짜 몸으로 부대끼는 삶에 근거하지 않은 시는 껍데기일 뿐, 공감을 불러일으킬 수 없다. 1년 동안 직장 생활을 해보고 그때 다시 시를 써 가져오라"고 하는 내게, 형민이는 "지금 돌아가면 영원히 시와 결별해야 한다"면서 실망한 눈치가 역력했다.

셸리는 그의 시 〈서풍부西風賦 Ode to the West Wind〉의 마지막에

나오는 "겨울이 오면, 봄은 멀지 않으리"라는 구절로 우리에게 친숙한 이름이다. 하지만 죽음의 계절인 겨울에서 희망을 본 사람치고는 그의 삶은 그야말로 치열한 투쟁과 고뇌의 연속이었다.

부유한 지주의 아들로 태어났지만 셸리의 아버지는 돈 때문에 두 번이나 결혼한 세속적인 인물로서, 셸리는 일생 동안 아버지를 혐오했다. 그의 아버지 또한 대지주의 생활을 마다하고 자유 방종한 생활을 하는 아들을 이해하지 못했다. 셸리는 명문 이튼 고등학교에 들어가지만 학교의 전통적인 학습 방법에 적응하지 못하여 교사들 사이에서 '가르치기 불가능한 학생'이라는 낙인이 찍히기도 한다. 옥스퍼드 대학에서는 '무신론의 필요성'이라는 팸플릿을 써서 배포하다 퇴학당하고, 제자가 되기를 간청하는 열여섯 난 친구 동생 해리엇과 결혼한다.

그러나 일방적인 사춘기적 감정에 근거한 결혼 생활은 불행했고, 해리엇은 곧 남편의 혁명적 생활에 싫증을 느낀다. 셸리는 후에 소설 《프랑켄슈타인》의 작가가 되는 메리 고드윈을 만나 사랑의 도피행을 감행하게 되고, 2년 후 해리엇이 자살하자 도덕적 탕아, 살인자라는 불명예가 따라다닌다.

악화되어 가는 건강 때문에 1818년 기후가 좋은 이탈리아로 간 셸리는 왕성한 작품 활동을 펼치기 시작한다. 그곳에서 완성한 극시劇詩《해방된 프로메테우스*Prometheus Unbound, 1820*》는 여전히 그의 최고 걸작으로 남아 있다. 인간에게 불을 갖다 준 죄로 주피터의 미움을 사 독수리에게 간을 파 먹히는 벌을 받아야 했던 프로메테우스가 모든 증오와 복수심을 버리고 용서하는 마음을 가질 때 진정한 새 시대가 열린다는 주제의 이 시에서 셸리는 결론적으로 "사랑하는 것, 그리고 견뎌내는 것 /…… 이것만이 인생이고, 기쁨이며, 왕국이고, 승리이다"라고 말한다.

30세 되던 해인 1822년 셸리는 친구와 함께 레그혼으로 여행을 떠난다. 그러나 폭풍을 만나 배가 침몰하고, 열흘 후 시신이 되어 떠올랐다. 그의 시신은 동시대의 유명한 시인이자 친구인 바이런이 지켜보는 가운데 해변에서 화장되었다. 그러나 육신은 죽었어도 여전히 삶의 열정과 동경으로 가득 차 재로 소멸되기를 거부하듯, 그의 심장은 끝까지 타지 않았다.

"시는 인간 속에 있는 신성함을 퇴락 속에서 구하고…… 모든 것을 아름다운 것으로 환원시킨다"고 한 그는 절대 진·선·미와 사랑이 존재하는 세계는 오직 시를 통해 성취할 수 있다고 믿었다.

결국 형민이는 다시 돌아오지 않았다. 시를 써서 퇴락한 이 세상을 구하고 싶은 마음을 이해하지 못한 선생이 무척 섭섭했을 것이다. 이제 형민이는 떠났어도 그 아름다운 의지는 내 마음에 추억으로만 남아 있다. 그래도 오늘처럼 초겨울 바람이 스산한 날이면 문득 그날 형민이가 입었던 얇은 점퍼가 생각난다.

그 사람을 가졌는가

"선생님, '인생 성공 단십백'이 뭔지 아세요?" 학생이 물었다. 모른다고 답하자 학생이 말한다. "한평생 살다가 죽을 때 한 명의 진정한 스승과, 열 명의 진정한 친구, 그리고 백 권의 좋은 책을 기억할 수 있다면 성공한 삶이래요."

나는 재빨리 내 삶이 성공인지 실패인지 따져보았다. 한 명뿐 아니라 운 좋게도 나는 초등학교 때부터 대학까지 훌륭한 스승들을 여럿 만났고, 책 읽는 게 업이니 내가 좋아하는 책을 백 권 아니라 2백 권도 더 댈 수 있다. 그런데 암만 생각해도 '열 명의 진정한 친구'는 좀 무리이다.

...

'진정한 친구'는 어떤 사람일까. 함석헌 옹은 〈그 사람을 가졌는가〉라는 시에서 말한다.

만 리 길 나서는 길
처자를 내맡기며
맘 놓고 갈 만한 사람
그 사람을 그대는 가졌는가

온 세상 다 나를 버려
마음이 외로울 때에도
'저 맘이야' 하고 믿어지는
그 사람을 그대는 가졌는가

탔던 배 꺼지는 시간
구명대 서로 사양하며
'너만은 제발 살아다오' 할
그 사람을 그대는 가졌는가

(…)

잊지 못할 이 세상을 놓고 떠나려 할 때

'저 하나 있으니' 하며

빙긋이 웃고 눈을 감을

그 사람을 그대는 가졌는가

온 세상의 찬성보다도

'아니' 하고 가만히 머리 흔들 그 한 얼굴 생각에

알뜰한 유혹을 물리치게 되는

그 사람을 그대는 가졌는가

"그 사람을 가졌는가?"라는 질문에 대해서도 나는 "아니오, 가지지 못했습니다"라고 답할 수밖에 없다. 나는 이제껏 그 누구에게도 진정한 친구가 되어준 적이 없고, 내게도 그런 친구가 있다고 자신 있게 말할 수 없다. "너만은 제발 살아다오" 하며 구명대를 내놓기는커녕 더욱 움켜쥐고 남보다 조금 더 앞서기 위해 죽기 살기로 뛰면서 주위 한 번 제대로 쳐다본 적 없이 살았으니 당연한 노릇이다.

우리에게는 단지 아동문학으로 알려져 있지만, 마크 트웨인 Mark Twain, 1835~1910의 《허클베리 핀의 모험Adeventures of Huckleberry

Finn, 1885》은 헤밍웨이가 "모든 미국 문학은《허클베리 핀의 모험》에서 나왔다"라고 단언할 만큼 19세기 미국 문학의 최대 걸작 중 하나이다. 집도 절도 없는 13세 소년 헉은 학교도 다니지 않고 행실이 천한 악동으로 여겨져서 동네 어머니들에게는 눈엣가시요, 아무런 구속 없이 자유로우니 동네 아이들에게는 선망의 대상이다. 어느 날 갑자기 나타난 주정뱅이 폭력배 아버지를 피해 미시시피강의 섬으로 도망간 헉은 그곳에서 가족을 찾기 위해 도망친 이웃집 노예 짐을 만난다. 짐의 추적자들이 닥치자 둘은 함께 뗏목을 타고 미시시피강을 따라 노예 제도가 없는 주州로 도망가기로 한다.

뗏목 여행 중 가끔씩 강가의 마을에 들르며 헉은 위선과 타락, 거짓으로 가득 차 있는 바깥세상을 경험한다. 여러 번의 위기를 함께하며 서로를 보호하고 지켜주는 과정에서 헉은 동물처럼 취급받는 노예 짐으로부터 이제껏 느끼지 못했던 따뜻한 가족애를 느낀다. 그러나 그의 마음속 한구석에는 늘 노예가 도주하는 것을 돕고 있다는 죄의식이 있다. 사회 인습으로부터 얻어진 편견과 자신의 순수한 동정심과 정의감 사이에서 헉은 괴로워한다.

이 작품의 클라이맥스는 책의 후반부에서 사기꾼들이 짐을 몰래 팔아넘긴 것을 알고 헉이 짐을 구하러 갈 것인가 아니면 짐의 소재를 짐의 소유주에게 알릴 것인가 하는 지독한 고뇌에 빠지는 데 있다. 주위로부터 위선적이고 근본주의적 신앙을 강요받은 헉에게 짐을 구한다는 것은 아주 사악한 일이요, 문자 그대로 '지옥 불'에 빠질 일이었다. 그래서 결국 헉은 짐의 주인 왓슨 양에게 편지를 쓰지만, 친구 짐이 고통받을 것을 생각하고 분연히 편지를 찢으며 말한다.

"차라리 내가 지옥에 가는 게 나아!"

결국 헉은 자신이 금방이라도 지옥 불에 빠질 것을 각오하고 짐을 구하러 나선다.

사회 인습과 기성도덕에 대한 비판과 풍자를 주제로 하지만, 이 소설의 진수는 짐에게서 참으로 소중한 '그 사람'을 발견한 헉의 도덕적 승리이다.

이제 내 삶의 중턱을 훌쩍 넘어버렸는데, 나는 지금껏 '마음이 외로울 때 '너뿐이야' 하고 믿어지는 그 한 사람'을 가지는 게, 그토록 아름답게 보였던 '높고 편한 자리'보다 더 소중하다는 것을 모르고 살아왔다.

백지의 도전

학기 말 고사다, 논문 심사다, 회의다, 그야말로 꽁지 빠진 닭처럼 정신없이 내닫다 보니 벌써 오늘이 이번 주 신문 칼럼 원고 마감일이다. 사실 바쁘다는 것은 핑계이고, 무슨 일이든 미리 해두는 습성이 없어 마감일이 닥칠 때마다 나는 나대로 초조하고, 내 원고를 기다리는 기자님은 기자님대로 괴롭다. 오늘은 무엇에 대해 쓸까. 이 칼럼을 시작할 때 '재미있고 의미 있고, 독자들이 보고 당장이라도 책방으로 뛰어갈 수 있는 글'을 써달라는 것이 바로 신문사 측의 부탁이었다. 그러나 오늘 같이 날씨는 무덥고 불쾌지수는 높고 세상은 시끄럽고, 이 와

중에 신선한 충격을 받고 금방이라도 책방으로 뛰어가게 할 수 있는 글을 쓸 재간이 내겐 없다.

20세기 미국 시인 로버트 프로스트는 "무언가 뭉클하고 목구멍에 뜨거운 것이 치밀 때"면 시를 쓴다고 했다. 19세기 여류 시인 에밀리 디킨슨은 "머리 전체가 폭발해 나간 것 같은 느낌일 때" 글을 쓴다고 했다. 위선의 껍데기를 벗고 순수한 마음이 될 때 글이 더 잘 써진다는 말일 것이다. 언감생심, 나를 이런 위대한 시인들에 비교하는 것은 아니지만, 나도 가끔 마음이 깨끗하고 어떤 감동을 느낄 때 글이 잘 나오는 듯하다. 그러나 이 험한 세상을 무관심과 무감동으로 단단히 무장하고 살아가면서 그저 마감 시간에 쫓겨 별 감흥도 없이 쓰는 글이니 마음대로 제때에 나와줄 리가 없다.

앨프리드 케이진이라는 문학 비평가는 "누구든 글을 쓰는 이유는 스스로를 가르치고 이해하기 위해서, 그래서 결국 자기만족을 위해 글을 쓴다"고 했다. 그러나 이렇게 마감 시간의 고통을 감수하면서까지 나 자신을 가르치고 이해하고 만족시키기에는 나는 너무 게으르다. 헨리 밀러는 "세상에 나가서 자신의 신념을 실제로 행동으로 옮길 용기가 없는 사람이 글을 쓴다"고 했지만, 나는 내 신념을 글로 쓰니 차라리 세상에 나가서 실제로 행동으로 옮길 용기를 부려보겠다. 무엇에 대해 쓸까 걱정하면서 냉장고에서 계속 먹을 것을 꺼내는 나를 보고 어머니가 말씀하셨다.

"좀 미리미리 써두지 그러니? 그렇게 박두해서 쓰면 생각인들 나겠니?"

"엄마도. 글은 아무 때나 써요? 영감이 떠올라야죠, 영감이."

'영감Inspiration'이라는 말이 나왔으니 말이지만, 19세기 영국 낭만주의 시인 셸리는 "시란 이성으로 생각하는 것과 달라서, 의지의 힘으로 되지 않는다. 즉 '나는 지금부터 시를 쓰겠다'는 의지만으로 시가 써지는 것은 아니다"라고 했다. 물론 셸리가 무덤에서 꿈틀거릴 일이지만, 나도 "'문학의 숲' 칼럼을 써야겠다"는 의지만으로 쓸 수 있는 것은 아니지 않은가.

그래서 어젯밤도 오늘 아침도 '영감'이 내게 찾아와 주기만을 고대하며 미루고 있었다. 그런데 조금 전 이미 마감이 지난 학기 말 페이퍼를 아직도 내지 않은 학생이 전화를 했다. 왜 빨리 페이퍼를 내지 않느냐고 다그치는 내게 인호가 대답했다.

"선생님, 글이 안 나와요. 멋진 페이퍼를 써보려는데 아직도 영감이 안 떠올라요."

"영감? 영감 좋아한다. 가만히 앉아서 영감을 기다리면 아무

것도 못 써. 당장 책상 앞에 앉아서 쓰기 시작해!"

　말을 하고 나니 결국은 나 스스로에게 한 말이다. 사실 나는 한 번도 무슨 대단한 영감이 떠올라 그것을 다른 사람들에게 전하고픈 욕망에 불타서 글을 쓴 적이 없다. 헨리 데이비드 소로는 "내가 글을 쓰는 것이 아니라 신이 내 어깨를 움직여 글을 쓴다"고 했지만, 나는 셸리나 소로 같은 천재가 못 되니 영감만을 기다리고 앉아 있을 수는 없는 노릇이다.

　그래서 할 수 없이 나는 컴퓨터 앞에 앉았다. 그리고 어떤 종류이든 인호나 나처럼 지금 글을 써야 하는 독자들이 있다면 미국의 수필가 J. B. 프리스틀리의 지혜를 나누고 싶다.

　"애당초 글을 쓰지 않고 살 수 있으면 좋겠지만 꼭 써야 한다면 무조건 써라. 재미없고, 골치 아프고, 아무도 읽어주지 않아도 그래도 써라. 전혀 희망은 보이지 않고, 남들은 다 온다는 그 '영감'이라는 것이 오지 않아도 그래도 써라. 기분이 좋든 나쁘든 책상에 가서 그 얼음같이 냉혹한 백지의 도전을 받아들여라."

성냥팔이 소녀

2학기 종강하는 날 나는 연례행사처럼 연구실에 크리스마스 장식을 한다. 장식이라고 해봤자 창에 크리스마스 리스를 걸고 작은 트리를 꺼내놓는 일이지만 나름대로 다시 한번 한 학기, 아니 한 해를 큰 과오 없이 끝낸 데 대한 감사와 자축의 의미가 담겨 있다. 한 5~6년 전까지만 해도 이맘때가 되면 연구실 창틀에 갖가지 성탄 카드가 즐비하게 들어섰지만, 이메일 카드가 흔해지고 나서부터는 종이 카드의 숫자는 점점 줄어들어 올해는 이제껏 받은 카드가 달랑 한 개다. 미국 친구 아이린이 딸 애니 소식을 전하면서 보낸 것이다.

아이린은 오래전 내가 뉴욕주 올버니에서 유학하던 시절 친구인데, 남편과 이혼한 해 설상가상으로 유방암에 걸려 학위가 끝나기도 전에 부모가 있는 아이오와로 갔다. 이사하기 며칠 전 아이린 모녀는 자기 집 차고에서 벼룩시장을 열었다. 옷이나 책 등 잡동사니를 파는 엄마 옆에서 당시 일곱 살이었던 애니는 자기 장난감들에 가격을 붙여놓고 팔고 있었다. 인형·봉제완구·블록, 모든 것이 1달러 미만의 가격이었는데 유독 〈성냥팔이 소녀〉 퍼즐 박스에는 5달러라는 비싼 가격이 붙어 있었다. 그것은 바로 전해 크리스마스에 애니 아빠가 《안데르센 동화집》과 함께 준 선물이었고, 애니가 무척 아끼는 물건이라서 그렇다고 했다. 아동 문학가를 꿈꾸던 아이린이 그때 한 말이 생각난다.

"안데르센은 아주 가난한 구두 수선공의 아들이었고 비참할 정도로 불우한 환경에서 자랐어. 〈성냥팔이 소녀〉는 어린 시절 가난하게 자랐던 자기 엄마를 모델로 해서 쓴 동화라잖아. 그런 환경을 극복하고 그렇게 아름다운 이야기들을 쓸 수 있었다는 것이 놀랍지 않니. 그런데 쇼펜하우어를 봐. 국적은 달랐지만 둘은 같은 시대에 살았거든. 쇼펜하우어는 거부 집에서 태어나서 온갖 영화를 다 누리고 자랐지만 그렇게 철두철미한 염

세주의자가 되었잖아. 그래도 나는 〈성냥팔이 소녀〉가 해피 엔딩이었으면 좋겠어. 그렇게 얼어 죽게 만든 것은 어쩌면 이 세상에 대한 안데르센의 말 없는 항거였는지도 몰라."

그날 나는 5달러를 주고 애니에게서 '성냥팔이 소녀' 퍼즐을 샀고, 기숙사로 돌아와 밤새도록 퍼즐을 맞추었다. 퍼즐을 완성하자 맨발의 소녀가 성냥 바구니를 옆에 두고 커다란 창문 아래에 웅크리고 앉아 성냥 하나를 켜 들고 몸을 녹이고 있는 그림이 나왔다. 환하게 불이 켜진 창문 안쪽에는 아름답게 장식된 크리스마스 트리 옆에 행복한 가족이 칠면조가 놓인 식탁에 둘러앉아 있었다.

〈성냥팔이 소녀〉 외에도 한스 크리스티안 안데르센Hans Christian Andersen, 1805~1875은 〈인어 공주〉, 〈미운 오리 새끼〉, 〈벌거숭이 임금님〉 등 아동문학의 최고봉으로 꼽히는 130편 이상의 걸작 동화를 썼다. 안데르센 동화 속에는 늘 서정적이면서도 아름다운 환상의 세계가 있고 따뜻한 인간애가 녹아 있지만, 그의 동화는 곧잘 비극으로 끝난다. 부잣집 창 밑에 앉아 성냥불로 몸을 녹이던 불쌍한 소녀는 싸늘한 주검으로 변하고, 짝사랑하는 왕자를 만나기 위해 목소리를 팔아 두 다리를 얻은 인어 공주는 결국 바다의 물거품으로 변한다.

안데르센은 말년에 방대한 자서전《내 삶의 이야기*The True Story of My Life*, 1847》를 썼는데(아우구스티누스의 〈참회록〉, 루소의 〈고백록〉, 괴테의 〈시와 진실〉 등과 함께 서양의 5대 자서전의 하나로 꼽힌다) 그야말로 미운 오리 새끼처럼 갖은 천대와 고난 끝에 백조로 태어나는 그의 삶의 여정이 담겨 있다. 그러나 머리말에서 그는 역경이야말로 자신의 삶의 원동력이 되었다고 토로한다.

"내 인생 이야기는 아주 멋진 이야기다. 그 어떤 착한 요정이 나를 지켜주고 안내했다 하더라도 지금보다 더 좋은 삶을 살지는 못했을 것이다."

그때 애니에게서 샀던 성냥팔이 소녀 퍼즐은 이제 온데간데없다. 그래도 1년 내내 질곡의 삶 속에서 허우적대며 까맣게 잊고 살다가 어느새 거리에 자선 냄비가 등장하고 대림초에 불이 켜지면 그악스럽던 내 마음이 조금은 착해지는지 가끔씩 그때 그 그림이 생각나곤 한다. 그리고 문득 생각한다, 환하게 불 켜놓은 나의 따뜻한 방 창밖에 혹시 추위에 떠는 성냥팔이 소녀가 앉아 있지나 않은지……

나는 소망합니다

얼마 전 〈어머니의 이름으로〉라는 제목으로 방영된 프로그램에서 교통사고로 뇌를 다쳐 식물인간으로 누워 있는 50대 아들의 78세 어머니는 새해 소망을 말했다.

"새해에는 더도 말고 덜도 말고 조금만 나아서 그냥 앉아 있기만이라도 할 수 있었으면……." 새삼 나의 새해 소망이 무엇일까 생각하는데, 따르르릉 전화가 오더니 입학처에서 2004년 장애 학생 특별 전형 면접을 상기시켜 주었다.

지원자는 모두 열두 명, 마흔다섯 살 만학도도 있었지만 대부분 지체 부자유·청각·시각·뇌 병변 등, 각기 모종의 신체적

불편함을 가진 어린 학생들이었다. 나는 내친김에 들어오는 학생들마다 대학에 합격하는 것 외에 새해 소망이 무엇인가 물었다. "여행을 하고 싶다"든가 "여자 친구를 사귀고 싶다"든가, 학생들은 나름대로의 새해 소망을 솔직하게 말했다. 그중 청각장애 1급을 가진 용민이가 어눌한 발음으로 답했다. "저는 듣지 못하니까 열심히 상대방의 입술을 보고 읽어야 합니다. 그리고 제 발음이 정확하지 않기 때문에 상대방도 열심히 귀 기울여서 제 말을 들어줘야 합니다. 그래서 대학 생활에서 새로운 사람들과 만나 지내면서 저는 열심히 보고 그들은 열심히 듣고, 서로서로 불편 없이 잘 지냈으면 하는 게 제 소망입니다." 용민이는 '서로'라는 말의 발음을 유독 힘들어하면서도 두 번씩이나 강조해서 말했다.

'소망'이라는 말을 들으면 나는 심리학자 헨리 나우웬Henri Nouwen, 1932~1996의 《친밀함Intimacy, 1969》이라는 책에 소개된 '나는 소망합니다'라는 글귀가 생각난다.

나는 소망합니다.
내가 모든 이에게 꼭 필요한 존재가 되기를.
나는 소망합니다.

한 사람의 죽음을 볼 때 내가 더욱 작아질 수 있기를.

그러나 나 자신의 죽음이 두려워 삶의 기쁨이 작아지는 일이 없기를.

나는 소망합니다.

내 마음에 드는 사람들에 대한 사랑 때문에 마음에 들지 않는 사람들에 대한 사랑이 줄어들지 않기를.

나는 소망합니다.

다른 이가 내게 주는 사랑이 내가 그에게 주는 사랑의 척도가 되지 않기를.

나는 소망합니다.

내가 언제나 남들에게 용서를 구하며 살기를.

그러나 그들의 삶에는 내 용서를 구할 만한 일이 없기를.

나는 소망합니다.

언제나 나의 한계를 인식하며 살기를.

그러나 내 스스로 그런 한계를 만들지 않기를.

나는 소망합니다.

모든 사람이 언제나 소망을 품고 살기를.

《제네시 일기》,《상처 입은 치유자》등 헨리 나우웬이 쓴 30권

이상의 저서들은 모두 간결한 문장과 영혼을 깨끗이 하는 메시지로 전 세계적으로 수많은 독자를 갖고 있다. 그러나 더욱 감명 깊은 것은 나우웬의 삶 자체다.

1932년 네덜란드에서 태어나 예수회의 사제로 서품 받은 그는 미국에서 공부하여 1971년 예일 대학 교수가 된다. 그러나 10년 만에 사직, 페루의 빈민가로 가서 빈민 운동을 하다가 다시 미국으로 돌아와 하버드 대학에서 강의한다. 그러나 세계 최고의 석학들과 엘리트들 사이에서도 영혼의 안식을 찾지 못한 그는 다시 강단을 떠나 캐나다에 있는 지적장애인 공동체인 '데이브레이크Daybreak(새벽)'로 들어가 1996년 심장마비로 세상을 떠날 때까지 그들과 함께 생활했다.

'각피 석회화증'이라는 우리나라에서 단 한 명뿐인 불치병으로 온몸이 굳어가서 꼼짝 못 하고 누워 있는 박진식 님의 〈소망〉이라는 시도 있다.

새벽, 겨우겨우라도 잠자리에서 일어나
아침 햇살을 볼 수 있기를
아무리 천대받는 일이라 할지라도
일을 할 수 있기를

점심에 땀 훔치며

퍼져버린 라면 한 끼라도 먹을 수 있기를

저녁에는 쓴 소주 한잔 마시며

집으로 돌아오는 기쁨을 느낄 수 있기를

타인에게는 하잘것없는 이 작은 소망이

내게 욕심이라면, 정말 욕심이라면

하느님 저는 어떻게 살아야 합니까.

  하느님 그들은 어떻게 살아야 합니까. 올해는 저보다 조금
더 낮고, 아프고 불편한 사람들과 그들 곁을 지키는 사람들의
소망을 먼저 들어주소서. 용민이의 말처럼 우리 모두가 서로서
로 조금씩 양보하고 노력하면, 누구나의 마음속에 별처럼 총총
새겨진 이 모든 소망들에 가까워지게 하소서.

Anna Ancher, *Interior, Brøndum's annex*, c.1920

문학의 힘

신은 인간의 계획을 싫어하시는 모양이다. 올가을 나는 계획이 참 많았다. 이제껏 연재했던 '문학의 숲, 고전의 바다'를 책으로 묶어 내는 일, 여름에 쓰던 논문을 마무리하는 일, 번역한 권을 새로 시작하는 일, 그리고 올해만은 꼭 어머니와 함께 가을 여행을 떠나는 일 등……. 이 계획들이 다 성사된다면 난참 행복할 것이라고 생각했다. 그리고 장영희의 삶은 그런대로 잘나가고 있다고 자부했다.

3년 전 이야기를 해야 할 것 같다. 안식년이라 나는 하버드대 방문 교수 자격으로 보스턴에 있었다. 그때 그냥 무심히 보험료 밑천 뺀다고 건강 검진을 했었는데 대번에 유방암 판정을 받고 그곳에서 수술을 두 번 받고 귀국, 방사선 치료를 받고 깨끗이 완치되었다. 학교에도, 가까운 친지들에게도 알리지 않고 말끔히 마무리한 셈이었다. 나는 속으로 쾌재를 불렀다.

"흠, 역시 장영희군. 남들이 무서워서 벌벌 떠는 암을 이렇게 초전박살 내다니……."

그러다가 된통 뒤통수를 맞은 것이다. 지난여름부터 느꼈던 허리와 목의 그 지독한 통증이 결국은 유방암이 목 뒤 경추 3번으로 전이된 때문이고, 척추암이라고 했다.

"빨리 입원하라"는 전화를 받았을 때, 이상하게 나는 놀라지 않았다. 꿈에도 예기치 않았던 일인데도 마치 드디어 올 것이 왔다는 듯, 그냥 풀썩 주저앉았을 뿐이다. 뒤돌아보면 내 인생에 이렇게 넘어지기를 수십 번, 남보다 조금 더 무거운 짐을 지고 가기에 좀 더 자주 넘어졌고, 그래서 어쩌면 넘어지기 전에 이미 넘어질 준비를 하고 있었는지도 모른다. 그러나 신은 다시 일어서는 법을 가르치기 위해 넘어뜨린다고 나는 믿는다. 넘어질 때마다 나는 번번이 죽을힘을 다해 다시 일어났고, 넘어지는 순간에도 다시 일어설 힘을 모으고 있었다. 그리고 그렇게 많이 넘어져 봤기에 내가 조금 더 좋은 사람이 되었다고

난 확신한다.

입원한 지 3주째, 병실에서 보는 가을 햇살은 더욱 맑고 화사하다. '생명'을 생각하면 끝없이 마음이 선해지는 것을 느낀다. 행복, 성공, 사랑 — 삶에서 최고의 가치를 갖고 있는 이 단어들도 모두 생명이라는 단어 앞에서는 한낱 군더더기에 불과하다. '살아 있음'의 축복을 생각하면 한없이 착해지면서 이 세상 모든 사람, 모든 것을 포용하고 사랑하고 싶은 마음에 가슴 벅차다. 그러고 보니 내 병은 더욱더 선한 사람으로 태어나라는 경고인지도 모른다.

입원하고 나흘 만에 통증이 조금 완화되고 나서야 나는 처음으로 다리 보조기를 신고 일어섰다. 그리고 창가에 서서 밖을 내다보았다. 문득 내 발바닥이 땅을 딛고 서 있다는 데 생각이 미치자 강한 희열이 느껴졌다. 직립 인간으로서 직립으로 서 있을 수 있다는 사실이 얼마나 소중한지, 누워서 보는 하늘이 아니라 서서 보는 하늘은 얼마나 더 화려한지……. 새삼 생각해 보니, 목을 나긋나긋하게 돌리며 내가 보고 싶은 사람을 볼 수 있는 일, 온몸의 뼈가 울리는 지독한 통증 없이 재채기 한 번을 시원하게 할 수 있는 일이 얼마나 큰 축복인가를 모르고 살아왔다.

이제 꼭 3년 만에 일단 이 칼럼을 접으려고 한다. 나중에 쓰려고 아껴두었던 《데미안》, 《파우스트》, 《햄릿》 등의 작품 등은 이제 훗날로 미루려고 한다.

그의 노벨상 수상 연설문에서 윌리엄 포크너는 말했었다.

"문학은 인간이 어떻게 극복하고 살아가는가를 가르친다."

그렇다. 문학은 삶의 용기를, 사랑을, 인간다운 삶을 가르친다. 문학 속에 등장하는 인물들의 치열한 삶을, 그들의 투쟁을, 그리고 그들의 승리를 나는 배우고 가르쳤다. 문학의 힘이 단지 허상이 아니라는 걸 증명하기 위해서도 나는 다시 일어날 것이다.

떠나기 전, 감사해야 할 사람들이 너무나 많다. 우선 소중한 지면을 내게 할애해 준 신문사에 감사한다. 위대한 작품을 남겨준 작가들의 재능이 너무 고맙고, 이번 학기 들어 꼭 두 번밖에 보지 못한 나의 학생들, 변변치 못한 선생을 두어 걸핏하면 내 글의 소재가 되는 나의 학생들에게도 미안함과 고마움을 전한다. 그리고 무엇보다 내 글을 읽어준 독자들에게 감사한 마음을 전하고 싶다. 독자 여러분, 고맙습니다. 그리고 사랑합니다.

'문학의 숲'으로 가는 길에서

그동안 눈부시게 발전해 온 과학 문명의 도움으로 오늘날 우리는 육체적인 움직임을 최소화할 수 있는 지극히 편리한 '디지털 시대'에 살고 있다. 그러나 디지털 기술과 함께 찾아온 화려한 영상 매체는 그동안 우리들에게 정신적인 풍요로움과 사색의 즐거움을 가져다주었던 인쇄 매체를 억압하고 있다. 그 결과 우리는 능동적으로 사색하며 책 읽는 즐거움을 상실하게 되었고, 현란한 영상 매체 앞에서 잠을 자는 수동적인 인간으로 퇴화하는 위기에 직면해 있다.

책 읽는 즐거움, 특히 인류가 역사 속에서 이룩한 소중한 지적 재산인 문학작품을 읽고 즐기는 기쁨을 상실하는 것은 너무나 슬프고 불행한 일이다. 아리스토텔레스와 필립 시드니가 말했듯이 문학은 단순한 현실의 모방이 아니라, 시인과 작가가 무질서한 현실과는 다른 새로운 질서와 도덕적인 비전을 바탕으로 구성한 보다 심원한 미학적인 세계이기 때문이다. 그래서 우리가 고전적인 문학작품을 읽게 되면 현실 세계에서는 접할 수 없는 정신적인 만족을 얻게 되고 그 기쁨이 가져오는 심리적인 인식 작용을 통해서 비로소 우리는 인격적으로 성숙한 인간으로 변신하게 된다. 예부터 대학에서 젊은 학생들이 전문 분야를 공부하기 전에 고전古典 읽기를 교양 교육의 중심으로 설정하고 있는 이유도 바로 여기에 있다.

이러한 측면에서, 장영희 교수가 유명 일간지에 연재했던 문학 칼럼, '문학의 숲, 고전의 바다'를 한 권의 책으로 엮어 우리 앞에 내놓은 것은 여간 반갑고 고마운 일이 아니다. 장영희 교수가 '문학의 숲, 고전의 바다'에 실린 글들을 무려 3년 가까이 연재하면서 독자들로부터 좋은 반응을 얻을 수 있었던 것은, 무엇에 쫓기기라도 하는 듯이 하루하루 바쁘게 살아가면서도 성림聖林과도 같은 '문학의 숲'에 접근하고자 하는 독자들의 지적인 목마름을 그 자신만이 가진 온화하고 지적인 필치로서 현실과 문학 세계를 무리 없이 접목시키면서 성공적으로 충족시켜 주었기 때문이다. 만일 여기서 필자가 작가 자신을 포함한 우리들이 당면한 현실 문제를 배제하고 문학작품만을 중심으로 이야기했더라면 진부하고 평범한 문학 사전의 범위를 넘지 못했을 것이다. 다시 말하면, 장영희 교수의 글은 그가 보고 느낀 현실 세계의 아름다움과 누추함을 고전적인 문학 세계와 비교 분석해서 다시 그것을 비평적으로 의미화한 후 독자들의 삶에 새로운 충격을 던짐으로써 자신들이 서 있는 자리를 되돌아보게 해준다. 그래서 그의 글은 독자들로 하여금 지금까지 외면하고 멀게만 느껴졌던 '문학의 숲'으로 들어가서 지식의 샘물을 마시도록 하고 있는 것이다.

장영희 교수가 이렇게 우리들을 무한한 기쁨이 가득한 '문학의 숲'으로 이끌어 갈 수 있게 된 가장 큰 힘은 그가 지닌 고전에 대한 풍부한 지식과 따뜻하고 지적인 문장, 명료하면서도 섬세한 구성, 그리고 유려한 번역 때문일 것이다. 그러나 그것 못지않게 중요한 것은 고전적인 문학작품을 통해 조명한 현실을 볼 수 있을 정도로 구김살 없이 진술하지만 날카롭기 그지없는 그가 지닌 '마음의 눈'이다. 이것뿐이 아니다. 그의 글이 가져다주는 매력은 천부적인 그의 재능도 재능이겠지만, 장애인이라는 인간 조건을 말 없는 침묵으로 극복해 온 불굴의 인간 의지 때문이다.

신체적인 불편함은 아이로니컬하게도 그로 하여금 수많은 책을 읽을 수 있는 기회를 가져다주어 인격적으로나 지적으로 성숙한 통찰력을 가질 수 있도록 해주었다. 장영희 교수가 아무리 길고 이해하기 어려운 작품이라 해도 그것의 핵심을 시적詩的인 감동과 함께 전달할 수 있었던 것 역시 제한된 공간에서 시간을 다투며 집중적으로 독서하며 쌓아 올린 지적인 부富 때문일 것이다.

그의 글에서 볼 수 있듯이 장영희 교수는 문학 텍스트와 현실에 나타난 삶의 의미는 물론 그 아픔과 슬픔을 바라보는 시각에 있어서까지도 보통 사람들과는 다른 차별성을 보이고 있다. 그는 상대적으로 다른 이에 비해 제한된 공간에서 호흡해야만 할 운명에 놓여 있었지만 바로 그런 조건 때문에, 넓은 공간에서 자유롭게 움직일 수는 있지만 눈 먼 사람으로 살아가고 있는 대부분의 현대인들보다 정신적으로 더욱 밀도 짙고 풍요로운 삶을 살아왔으리라. 물론 그가 머물고 움직이는 제한된 공간은 아직까지 세상의 때가 묻지 않은 '지식의 샘터'인 대학이고 책이 있는 공부방이다. 그 속에서 삶의 진실을 탐색하려

했던 그의 지적인 욕망이 얼마나 강렬했던가는 그가 인용한 헬렌 켈러의 글에서도 잘 나타나 있다.

"누구든 젊었을 때 며칠간만이라도 시력이나 청력을 잃어버리는 경험을 하는 것은 큰 축복이라고 생각합니다…… 보지 못하는 나는 촉감만으로도 나뭇잎 하나하나의 섬세한 균형을 느낄 수 있습니다…… 봄이면 혹시 동면에서 깨어나는 자연의 첫 징조, 새순이라도 만져질까 살며시 나뭇가지를 쓰다듬어 봅니다. 아주 재수가 좋으면 한껏 노래하는 새의 행복한 전율을 느끼기도 합니다."

"때로는 손으로 느끼는 이 모든 것을 눈으로 볼 수 있으면 하는 갈망에 사로잡힙니다. 촉감으로 그렇게 큰 기쁨을 느낄 수 있는데, 눈으로 보는 이 세상은 얼마나 아름다울까요. 그래서 꼭 사흘 동안이라도 볼 수 있다면 무엇이 제일 보고 싶은지 생각해 봅니다. 첫날은 친절과 우정으로 내 삶을 가치 있게 해준 사람들의 얼굴을 보고 싶습니다. 그리고 남이 읽어주는 것을 듣기만 했던, 내게 삶의 가장 깊숙한 수로를 전해준 책들을 보고 싶습니다."

여기서 장영희 교수는 앞을 볼 수 없는 헬렌 켈러가 눈을 뜨고도 세상의 아름다움을 보지 못하는 사람들보다 더욱 밝은 '마음의 눈'을 가지고 있다고 말하고 있다. 그래서 다시금 우리는 그가 자신을 헬렌 켈러와 동일시하는 과정에서 아름다운 세상을 보는 장영희 교수의 눈이 얼마나 맑고 투명한지를 선명하게 발견하게 된다.

《문학의 숲을 거닐다》라는 책을 통해 우리들에게 귀중한 문학작품을 소개하는 칼럼 형식으로 쓰인 글의 공간은 비록 원고지 열 장에 한정되어 있지만, 그것이 지닌 담론의 깊이 때문에 작품 하나하나가 담고 있는 폭넓은 작품의 텍스트를 들여다 볼 수 있는 거울이자 창의 역할을 하는 데 조금도 손색이 없다. 장영희 교수가 서문에서 밝혔듯이 이 책은 그가 삶의 비탈길을 내려가며 혼신의 노력으로 고전 문학작품을 읽는 즐거움을 우리에게 이렇게 절실히 일깨워주기 위해 쓰인 것임을 아무리 강조해도 지나침이 없다. 그렇기 때문에 우리는 문학의 힘을 통해서 보다 나은 세상을 만들려는 그의 의지를 결코 가볍게 생각하고 지나갈 수 없지 않은가.

나는 아직도 젊은 시절 장영희 교수와의 인연을 기억한다. 그때 그는 해마다 연말이면 문학의 소중함을 알려주는 깊고 우아한 영문판 문학 캘린더Literary Calendar를 보내주곤 했다. 어느

해는 그가 보내준 아름다운 '문학 달력'이 나를 영문학의 세계로 인도했던 지금은 고인이 된 벽안碧眼의 은사께서 보내준 것과 일치된 적도 있었다. 지금 생각해 보면, 그것은 장영희 교수가 문학의 아름다움을 새롭게 가르치는 선생이 되기 위해 했던 예정된 손짓이 아니었는가 하는 생각이 바람처럼 스치고 지나간다.

이태동(문학평론가·서강대 명예교수)

문학의 숲을 거닐다

장영희 문학 에세이

1판 1쇄 발행 2005년 3월 15일
2판 4쇄 발행 2024년 5월 24일

지은이 장영희
펴낸이 김성구

콘텐츠본부 고혁 조은아 김초록 이은주
디자인 이영민
마케팅부 송영우 김나연 김지희 강소희
제작 어찬
관리 안웅기

펴낸곳 (주)샘터사
등록 2001년 10월 15일 제1 – 2923호
주소 서울시 종로구 창경궁로35길 26 2층 (03076)
전화 1877 - 8941 | 팩스 02 - 3672 - 1873
이메일 book@isamtoh.com | 홈페이지 www.isamtoh.com

ISBN 978 - 89 - 464 - 2217 - 9 03810

- 값은 뒤표지에 있습니다.
- 잘못 만들어진 책은 구입처에서 교환해 드립니다.

샘터 1% 나눔실천
샘터는 모든 책 인세의 1%를 '샘물통장' 기금으로 조성하여 매년 소외된 이웃에게 기부하고 있습니다.
2023년까지 약 1억 1,200만 원을 기부하였으며, 앞으로도 샘터의 책을 통해 1% 나눔실천을 계속할 것입니다.